크리스마스 캐럴

찰스 디킨스 지음 | 김세미 옮김

문예출판사

A Christmas Carol and other stories
by Charles Dickens

차 례

1

크리스마스 캐럴

나는 유령에 관한 이 짧은 이야기에서 내 독자들과 그 친구들, 그리고 나까지도 기분 나쁘지 않고 크리스마스 시즌에 잘 어울릴 만한 유령을 불러내려고 애썼다. 이 유령이 독자들의 가정에 기쁘고 유쾌하게 출현하기를, 그리고 이 유령을 쫓아내고 싶은 사람이 없기를 바란다.

1843년 12월
독자들의 충실한 친구이자 하인인
C. D.

말리의 유령

우선, 말리가 죽었다는 이야기부터 하고 넘어가야겠다. 그 사실에 의혹을 품을 여지는 전혀 없다. 그의 매장 기록에는 신부님과 관청 서기관과 장의사와 유족 대표가 서명을 했다. 스크루지도 서명을 했으며, 거래소에서는 스크루지가 손을 댄 것이라면 어떤 것이든 그의 이름이 통했다. 늙은 말리는 문에 박힌 장식 못처럼 완벽하게 죽었다.

유념할 것! 문에 박힌 장식 못의 어떤 부분 때문에 죽었다고 하는지를 내가 안다고 말하려는 것은 아니다. 나로서는 철물점 업계에서는 관 뚜껑에 박는 못이야말로 죽음에 가장 가깝다는 쪽으로 마음이 기운다. 그러나 우리 조상들의 지혜는 직접적인 비유에 있으니, 신성하지 못한 내 손으로 어지럽히지 않겠다. 그렇지 않으면 사람들이 가만히 있지 않을 것이다. 그러니 독자 여러분은 말리가 문에 박힌 장식 못처럼 완벽하게 죽었다는 말을 강조해서 반복해도 양해해주기 바란다.

스크루지도 그가 죽은 것을 알고 있었느냐고? 물론 알고 있었다. 어떻게 모를 수가 있겠는가? 스크루지와 그가 도대체 얼마 동안이나 동업을 해왔는지 나는 모른다. 스크루지는 그의 유일한 유언 집행인이었고, 유일한 관리자였으며, 유일한 수탁자, 유일한 상속인인 동시에 유일한 친구이자 유일한 조문객이었다. 그리고 더욱이 스크루지는 그 슬픈 사건에 그다지 유별나게 슬퍼하지도 않았고, 장례식이 있었던 바로 그날에도 탁월한 사업가적 수완을 발휘했으며 확실한 거래를 맺어 장례식을 기념했다.

말리의 장례식을 언급하면 이야기를 시작했던 지점으로 돌아가게 된다. 말리가 죽었다는 사실에 의혹을 품을 여지는 전혀 없다. 이 사실을 똑똑히 해두어야지, 그렇지 않으면 내가 하려는 이야기에는 놀라운 점이 전혀 없다. 연극이 시작하기 전에 우리가 햄릿의 아버지가 죽었다는 사실을 납득하지 않는다면 그가 동풍이 부는 한밤중에 성벽 위를 거닌다고 해서 다른 중년 신사가 날이 저문 후 미풍이 부는 세인트폴 교회의 뜰 같은 곳에서 말 그대로 아들을 깜짝 놀라게 하기 위해서 갑자기 나타나는 것보다 이상한 점은 없을 것이다.

스크루지는 예전 말리의 이름을 지우지 않았다. 몇 년이나 지난 후에도 창고 문 위에는 '스크루지와 말리'라는 간판이 그대로 있었다. 상회는 '스크루지와 말리'라고 알려져 있었다. 때로 상회에 처음 온 사람들은 스크루지에게 스크루지라고 부르기도 하고, 때로는 말리라고 부르기도 했지만, 그는 어떤 이름을 불러도 대답했다. 그에게는 아무라도 상관없었다.

　오! 그러나 그는 엄청난 구두쇠였다. 스크루지! 그는 쥐어짜고, 비틀고, 움켜쥐고, 긁어모으고, 인색하고 탐욕스러운 늙은 죄인이었다. 불꽃을 한 번도 후하게 튀겨본 적이 없는 부싯돌같이 완고하고, 진주조개처럼 입이 무겁고, 과묵하고, 고독한 인물이었다. 스크루지 내면의 냉기 때문에 스크루지의 늙은 외양은 싸늘했고, 뾰족한 코는 바짝 얼었으며, 뺨은 주름지고, 걸음걸이는 고집스러웠다. 냉기는 눈을 붉게 충혈시키고, 입술을 파랗게 질리고 하고, 귀에 거슬리는 목소리로 심술궂게 말을 하게 만들었다. 머리에도, 눈썹에도, 그리고 억센 수염이 난 턱에도 서리가 내려앉아 있었다. 스크루지 주변에는 언제나 특유의 냉기가 떠돌았다. 그는 삼복더위에도 사무실을 꽁꽁 얼렸으며, 크리스마스에조차도 조금도 누그러지지 않았다.

　외부의 더위와 추위는 스크루지에게 거의 아무런 영향을 끼치지 않았다. 어떤 온기도 그를 따뜻하게 하지 못했고, 어떤 냉랭한 날씨도 그를 춥게 하지 못했다. 그 어떤 바람도 스크루지보다는 매섭지 않았고, 어떤 눈도 스크루지보다는 그 목적에 충실하지 못했으며, 쏟아지는 어떤 비도 스크루지보다는 간청에 관대했다. 나쁜 날씨도 그를 당하지 못했다. 맹렬하게 쏟아지는 비도, 눈도, 우박도, 진눈깨비도 스크루지에게 자랑할 만한 것이 단 한 가지밖에 없었다. 그것들은 가끔 후하게 내리지만, 스크루지는 절대로 그런 법이 없었다.

누구도 길거리에서 그를 멈춰 세우고 기쁜 듯한 얼굴로, "아니, 이게 누군가? 스크루지, 어떻게 지냈나? 우리 집엔 언제쯤 들러줄 텐가?"라고 말하지 않았다. 스크루지에게는 어떤 거지도 잔돈푼을 구걸하기 위해 애원하지 않았으며, 어떤 아이들도 시간을 묻지 않았고, 평생 이렇게 저렇게 길을 묻는 사람도 아무도 없었다. 심지어 시각장애인들의 안내견들조차도 스크루지를 아는 것 같았다. 안내견들은 그가 가까이 다가오는 것을 보면 주인들을 문간으로, 안뜰로 잡아끌었으며, "고약한 눈을 가지는 것보다는 차라리 눈이 아예 없는 게 낫지, 나쁜 스크루지 영감!"이라고 말하기라도 하려는 것처럼 비웃듯이 꼬리를 흔들어댔다.

그렇지만 스크루지가 조금이라도 신경을 썼을까? 그것이 바로 스크루지가 좋아하는 바였다. 알 만한 사람들은 복잡한 인생길을 비스듬히 나아가면서 인간의 모든 동정심에게 가까이 오지 말라고 경고하는 것이야말로 스크루지의 '본질'이라고 불렀다.

어느 날―일 년 중에서도 가장 좋은 날인 크리스마스이브에― 스크루지 영감은 회계실에 앉아 바쁘게 일하고 있었다. 춥고, 찬바람이 몰아치는 매서운 날씨였는데도 바깥쪽 골목에서는 사람들이 왔다 갔다 하면서 헐떡거리고, 가슴을 손으로 치고, 발을 따뜻하게 하려고 보도에 깔린 돌에 발을 구르는 소리들이 들렸다. 시청의 시계는 겨우 막 세 시를 지났을 뿐인데, 벌써 상당히 어두워졌다. 하루 종일 해가 나지 않았다. 이웃한 사무실들의 창문에는 손으로 만질 수 있을 듯한 어둠을 문질러서 생긴 불그스름한 얼룩처럼 촛불이 너울거리고 있었다. 안개는 모든 틈과 열쇠 구멍으로 흘러들어 왔으며, 너무 짙은 나머지 아주 좁은 골목을 사이에 두고서도 건너편 건물들이 환영처럼 보였다. 거무스름한 구름이 낮게 드리우는 것을 보면서 어떤 사람들은 자연이 고난을 견디고 있으며, 무슨 일이 일어나려 한다고 생각할 법했다.

스크루지가 일하는 회계실의 문은 뒤쪽에 있는 일종의 감방 같은 음침하고 조그만 방에서 증서들을 베껴 쓰고 있는 사무원을 감시하기 위해 열려 있었다. 스크루지의 난로도 아주 작았지만 사무원의 난로는 그것보다도 훨씬 작은 나머지 석탄 한 덩어리 정도로밖에 보이지 않았다. 그렇지만 스크루지가 석탄 상자를 자신의 사무실에 두고 있었기 때문에 그는 난로에 석탄을 넣을 수가 없었고, 삽을 가지고 들어가기라도 한다면 주인이 해고하겠다고 할 것은 너무나도 자명한 일이었다. 그런 이유로 사무원은 흰색 털목도리를 두르고 촛불로 몸을 좀 따뜻하게 해보려고 애썼지만, 아무리 애를 써도 대단한 상상력을 가지지 않은 그로서는 되지 않는 일이었다.

"메리 크리스마스, 삼촌! 주님이 삼촌을 구원하시길!" 씩씩한 목소리였다. 그것은 스크루지의 조카 목소리였는데, 그가 어찌나 빠르게 다가왔던지 목소리를 듣고서야 조카가 가까이 온 것을 알아차릴 수 있었다.

"흥! 허튼소리를 지껄이는군." 스크루지가 말했다.

스크루지의 조카는 안개와 추위 속을 뚫고 빠르게 걸었기 때문에 후끈 달아올라 있었다. 그의 얼굴은 발그스레하게 달아올라 있었고 잘 생겼으며, 눈은 반짝거렸고, 입에서는 계속 입김이 나왔다.

"삼촌, 크리스마스가 허튼소리라니요!" 스크루지의 조카가 말했다. "분명히 진심은 아니시겠죠?"

"진심이다." 스크루지가 말했다. "메리 크리스마스라고? 너한테 즐거워할 권리가 있다는 거냐? 왜 즐거워야 한다는 거지? 너는 가난하잖니."

"오, 삼촌." 조카가 유쾌하게 대답했다. "그렇다면 삼촌은 침울할 권리가 있으신 건가요? 왜 저기압이신 거예요? 삼촌은 부자시잖아요."

스크루지는 그런 도발에 대꾸할 말이 생각나지 않았기 때문에 다시 코웃음 쳤다. "흥!" 그리고 "허튼소리!"라는 말이 뒤를 이었다.

"언짢아하지 마세요, 삼촌!" 조카가 말했다.

"이런 바보들에게 둘러싸여 살면서 어떻게 언짢아하지 않을 수 있다는 말이냐?" 스크루지가 대꾸했다. "즐거운 크리스마스라니! 즐거운 크리스마스 따위는 꺼지라고 해라. 크리스마스라고 해봤자 너한테는 돈도 없는데 청구서는 지불해야 할 때지, 한 살 더 먹은 것은 확실하지만 한 시간 전이나 다름없이 가난할 때지, 장부의 수지를 맞춰야 하지만 일 년 열두 달 내내 장부의 모든 항목이 너에게 전적으로 불리한 때일 뿐이야." 스크루지가 성난 어조로 말했다. "내 뜻대로 할 수만 있다면 '메리 크리스마스'라고 떠들며 돌아다니는 천치 같은 것들은 푸딩에 넣어서 부글부글 끓인 다음 심장에 호랑가시나무 말뚝을 꽂아서 파묻어버려야 돼. 마땅히 그렇게 해야 하고말고."

"삼촌!" 조카가 애원했다.

"조카야!" 삼촌은 가차 없이 무섭게 대꾸했다. "네 크리스마스는 네 방식대로 지내고, 내 크리스마스는 내 방식대로 지내게 놔둬."

"크리스마스를 지낸다고요?" 조카가 스크루지의 말을 되물었다. "하지만 삼촌은 크리스마스를 지내지 않으시잖아요."

"그럼 그런 줄 알고 방해하지 말고 내버려둬." 스크루지가 말했다. "복 많이 받아라! 지금까지 얼마나 복을 많이 받아서 그 꼴인지!"

"삼촌, 감히 말씀드리지만, 저는 지금까지 이득을 볼 수 있는데도 그렇게 하지 않은 일들이 많아요." 조카가 대답했다. "그중에는 크리스마스도 있고요. 하지만 크리스마스를 언제나 좋은 때로, 인정 많고 관대하고 자선을 실천하는 유쾌한 때로, 길고 긴 일 년 중에서도 제가 알기로는 남자들이나 여자들이나 모두가 꽉 닫힌 마음을 솔직하게 열고, 자신들보다 못한 사람들을 다른 길을 가는 전혀 다른 피조물이 아니라, 정말로 함께 죽음으로 향하는 길을 걷는 동지처럼 느끼는 유일한 때로 생각한다는 것은 분명해요. 그러니까, 삼촌, 그런 생각을 한다고 해서 제 주머니에 금화나 은화가 생기는 것은 아니겠지만, 저에게는 그것이 복이었고, 앞으로도 복이 될 거라고 믿어요. 그리고 삼촌, 하나님의 은총이 크리스마스를 축복하실 거예요!"

감방 같은 사무실에서 일하고 있던 사무원은 박수를 보냈다. 하지만 부적절한 행동이라는 것을 즉시 깨달았고, 난로를 쑤시다가 희미한 마지막 불꽃마저도 영원히 꺼뜨리고 말았다.

"더 해보시지. 그랬다간 일자리도 잃고 크리스마스를 보내게 될 줄 알아." 사무원을 쏘아부친 스크루지는 조카에게 몸을 돌리며 덧붙였다. "굉장한 능변이로구먼, 선생. 왜 의원 선거에는 나가지 않나 몰라."

"삼촌, 화내시지 마세요. 제발요! 내일 저녁에 저희 집에 오셔서 함께 식사해요."

스크루지는 조카에게 두고 보겠다고 말했다. 그렇다, 분명히 그렇게 말했다. 틀림없이 그런 뜻이었고, 얼마나 잘사는지 두고 보겠다고 말했다.

"하지만 왜요, 삼촌?" 스크루지의 조카가 신음했다. "왜 그렇게 말씀하시는 거예요?"

"도대체 결혼은 왜 한 거냐?" 스크루지가 말했다.

"사랑하게 되었으니까요."

"사랑하게 되었다고!" 스크루지가 으르렁거렸다. 세상에서 '메리 크리스마스'라는 말보다 더 우스운 말은 오직 그것밖에 없다는 듯이. "잘 가라!"

"아니요, 삼촌. 하지만 삼촌은 제가 결혼하기 전에도 한 번도 안 오셨잖아요. 왜 이제 와서 그것 때문에 못 오신다는 거예요?"

"잘 가라니까." 스크루지가 말했다.

"삼촌한테 뭘 바라는 게 아니에요. 뭘 부탁하려는 게 아니라고요. 왜 우리가 가깝게 지낼 수 없는 건가요?"

"잘 가라." 스크루지가 말했다.

"삼촌이 너무 단호하셔서 정말 섭섭해요. 삼촌이랑 같이 있으면서 말대꾸를 한 적이 한 번도 없었지요. 그렇지만 크리스마스의 의미를 존중하는 마음에서 한 번 해봤어요. 마지막까지 크리스마스 분위기를 지킬래요. 그러니 즐거운 크리스마스 보내세요, 삼촌!"

"잘 가!" 스크루지가 말했다.

"그리고 새해 복 많이 받으세요!"

"잘 가라니까!" 스크루지가 말했다.

스크루지의 조카는 욕설을 내뱉지도, 저항을 하지도 않고 방을 나갔다. 그는 사무원에게 크리스마스 인사를 하기 위해 문간에 잠시 멈춰 섰다. 마음에서 우러난 답인사를 한 것을 보면 사무원이 몸은 추워도 스크루지보다는 온기를 간직한 사람이었다.

"정신 나간 녀석이 또 있었구먼." 스크루지가 요란하게 투덜거렸다. "부인에다가 가족까지 딸린 주제에 일주일에 십오 실링 밖에 벌지 못하는 내 사무원 녀석이 '메리 크리스마스'라니. 아무래도 내가 정신병원으로 은퇴해야 할 모양이야."

스크루지의 조카를 배웅한 이 '정신 나간' 사무원은 다른 사람들 두 명을 사무실 안으로 들였다. 인상이 좋고 풍채가 당당한 두 신사는 어느 새 스크루지의 사무실 안에 모자를 벗은 채 서 있었다. 그들은 손에 장부와 서류 들을 들고 있었으며, 스크루지에게 인사했다.

"스크루지와 말리 상회 맞지요?" 한 신사가 목록을 조회하면서 말했다. "스크루지 씨나 말리 씨와 이야기를 나눌 수 있을까요?"

"말리 씨는 죽은 지 칠 년이나 되었소." 스크루지가 대답했다. "칠 년 전 바로 오늘 밤에 죽었다오."

"고인의 관대함을 살아 계신 동업자께서 표시해줄 것을 믿어 의심치 않습니다." 그 신사가 자신의 자격증을 내밀면서 말했다.

틀림없이 그럴 것이었다. 말리와 스크루지는 같은 마음을 가지고 있었기 때문이었다. '관대함'이라는 불길한 말에 스크루지는 눈살을 찌푸리고, 고개를 저으면서 그 자격증을 돌려주었다.

"스크루지 씨, 한 해 중에서도 이런 명절이야말로 지금도 엄청난 고통을 겪고 있는 가난하고 없는 사람들을 조금이라도 돕기에 더없이 좋은 때입니다." 그 신사는 펜을 꺼내 들며 말했다. "지금도 수천 명의 사람들에겐 생필품이 부족하고, 수십만 명의 사람들에겐 위문품이 필요하답니다."

"감옥은 없단 말이오?" 스크루지가 물었다.

"감옥이야 충분히 있지요." 신사는 펜을 다시 내리며 대답했다.

"구빈원(救貧院)은?" 스크루지는 힐문했다. "구빈원은 아직 열려 있고?"

"열려 있답니다. 아직도요." 신사가 대답했다. "구빈원이 모두 폐쇄되었다고 말씀드릴 수 있었다면 좋겠습니다만."

"그렇다면 바퀴를 밟는 형벌과 구빈법〔17세기 이래 영국에서 실시되었던 국가적 차원의 구빈 정책—옮긴이〕도 여전히 유효하겠지요?"

"둘 다 아주 바쁘게 돌아가고 있지요."

"오! 처음에 귀하가 하신 말씀 때문에 그런 것들에 무슨 문제가 생겨서 순조롭게 돌아가지 않고 중단된 것은 아닌지 걱정하고 있었다오." 스크루지가 말했다. "잘 돌아가고 있다니 정말 잘 되었구먼."

"그런 시설들은 서민들의 마음이나 몸을 기독교적으로 충분히 격려하지 못한다는 생각 때문에 저희들은 가난한 사람들에게 약간의 고기와 음료와 땔감을 사주기 위한 기금을 모금하려 애쓰고 있답니다. 가난한 사람들은 지금이야말로 일 년 중에서도 부족함이 절실하게 느껴지는 시기이기 때문에, 그리고 넉넉한 사람들은 풍요로움을 향유하는 시기이기 때문에 크리스마스를 고른 것입니다. 뭐라고 적을까요?" 신사가 대답했다.

"아무것도!" 스크루지가 대꾸했다.

"익명으로 기부하길 바라십니까?"

"날 좀 가만히 내버려둘 순 없소?" 스크루지가 말했다. "내 바람에 대해서 물어보아서 말인데, 신사 양반, 이것이 내 대답이오. 나는 크리스마스라고 해서 특별히 즐겁지도 않은 사람이고, 게으른 사람들을 즐겁게 해주고 싶지도 않소. 나는 아까 이야기가 나왔던 시설들을 유지하기 위해 이미 세금을 내고 있다고. 그것만으로도 충분해. 그렇게 게으른 녀석들이라면 거기에 가면 되지."

"갈 수 없는 사람들도 많습니다. 그리고 그런 곳에 가느니 죽는 편이 낫겠다는 사람들도 많고요."

"죽는 편이 낫다면 죽으면 될 것 아니오." 스크루지가 말했다.

"그러면 인구 과잉도 줄일 수 있겠구먼. 게다가, 미안하지만, 무슨 말을 하는지 모르겠소."

"하지만 아실 텐데요." 신사가 항의했다.

"내 알 바 아니오." 스크루지가 대꾸했다. "사람이란 자기 일만 잘하는 것으로도 충분하지, 다른 사람 일까지 참견하는 것은 오지랖 넓은 짓이오. 나는 내 일만으로도 바쁘다오. 잘 가시요들!"

그들의 목적을 말해보았자 소용이 없다는 것이 분명해지자 신사들은 물러섰다. 스크루지는 자기 자신이 잘난 듯 여겨져 보통 때보다 더욱 유쾌한 기분으로 다시 일을 하기 시작했다.

그러는 동안 안개와 어둠이 더욱 짙어져서 사람들은 너울거리는 횃불을 들고 이리 뛰고 저리 뛰면서 마차를 끄는 말들 앞에서 길을 안내했다. 교회의 오래된 종탑도 보이지 않게 되었다. 탑의 벽에 달린 고딕 양식의 창문을 통해 언제나 스크루지를 몰래 엿보고 있는 듯한 낡은 종은 한 시간마다, 십오 분마다 어둠 속에서 울렸고, 종이 친 후에는 저 위의 꽁꽁 언 종 머리 안에서 이가 딱딱 맞부딪히기라도 하는 듯이 종소리의 파장이 길게 이어졌다. 추위는 더욱 심해졌다. 큰길에서는 한 모퉁이에서 몇몇 일꾼들이 가스관을 고치고 있었고, 커다랗게 불을 피워둔 화로 주변에는 누더기를 걸친 어른들과 아이들이 모여들어 손을 녹이며 불꽃 앞에서 기쁜 듯이 눈을 깜빡이고 있었다. 외로이 남겨진 소화전에서 흘러넘친 물은 서서히 얼어붙어 지긋지긋한 얼음으로 변했다. 램프 불빛에 호랑가시나무의 잔가지와 딸기류 열매들이 우지직거리는 소리를 내고 있는 상점들의 밝은 쇼윈도 덕분에 지나가는 행인들의 창백한 얼굴이 불그스름하게 보였다. 닭고기와 칠면조 고기를 파는 상점과 식품 가게들은 흥청망청했다. 그곳은 물건을 사고파는 것과 같이 무미건조한 일이 벌어지는 곳이라고는 믿기 어려울 정도로 화려한 구경거리였다. 시장(市長) 관저에서 시장은 오십 명이나 되는 요리사와 집사들에게 크리스마스를 시장의 식솔답게 격에 맞게 지내야 한다고 훈시했다―그래서 지난 월요일, 길에서 술을 마시고 싸움을 벌여서 오 실링의 벌금형에 처해졌던 가난한 재봉사마저도 초라한 작은 방에서 내일 먹을 푸딩을 끓였고, 그러는 동안 야윈 재봉사의 아내와 아이는 쇠고기를 사러 발걸음도 가볍게 외출했다.

그렇지만 안개는 더욱 짙어지고, 날씨는 더욱더 추워지고 있었다. 한기가 온몸에 스미고, 뼈에 사무치고, 살을 에는 듯한 추위였다. 만약 캔터베리 대주교였던 성 던스턴이 그가 사용하던 무기 대신 이런 추위로 사악한 악령의 코를 살짝이라도 꼬집었다면 목적을 충분히 달성하고도 남았으리라. 바싹 굶주린 추위에 물어뜯긴 듯이 빈약한 코를 가진 소년 하나가 스크루지 사무실의 열쇠 구멍 앞에 발을 멈추고 그를 기쁘게 하기 위해 크리스마스 캐럴을 불렀다.

"만 백성 기뻐하라!
하늘의 평화가 저 마귀 권세 이기고 우리를 구했네!"

그러나 캐럴의 첫 소절이 들리기 무섭게 스크루지가 난폭하게 자를 그러쥐었고, 소년은 깜짝 놀라 도망쳐버렸다—안개와 스크루지에게 더 걸맞은 추위를 남겨둔 채.

마침내 회계실의 문을 닫을 시간이 되었다. 스크루지는 내키지 않는 듯이 높은 의자에서 내려왔고, 학수고대하고 있던 사무원에게 퇴근 시간이 되었다는 것을 마지못해 알렸다. 사무원은 즉시 촛불을 불어 끄고 모자를 썼다.

"내일은 하루 종일 쉬고 싶겠지?" 스크루지가 말했다.

"사장님이 괜찮으시다면요."

"나는 괜찮지 않네." 스크루지가 말했다. "그리고 공평하지도 않아. 자네가 내일 쉰다고 해서 내가 급료를 반 크라운 깎는다면 자네는 부당한 대우를 받는다고 생각하겠지. 내 말이 옳지 않은가?"

사무원은 내키지 않는 듯한 미소를 지었다.

"그러면서도 자넨 자네가 일하지 않는 날에도 자네의 급료를 지불해야 하는 나를 보고 부당한 대우를 받는다고는 생각하지 않아." 스크루지가 말했다.

사무원이 일 년에 딱 한 번뿐인 일이라고 말했다.

"매년 12월 25일마다 남의 지갑을 터는 변명거리치고는 보잘것없군!" 두꺼운 천으로 만든 큰 외투의 단추를 턱까지 채우며 스크루지가 말했다. "그렇지만 내일은 하루 종일 쉬게 해야 할 것 같군. 대신 모레 아침에는 보통 때보다 일찍 나와야 하네!"

사무원이 그렇게 하겠다고 약속하자, 스크루지는 투덜투덜하며 밖으로 나갔다. 사무원은 눈 깜짝할 새에 사무실 문을 잠그고 흰색 털목도리의 긴 끝 자락을 허리 아래까지 달랑거리며(그에게는 두껍고 커다란 외투가 없었다) 크리스마스이브 저녁을 기념하기 위해 스무 번씩이나 미끄럼을 타는 소년들의 꽁무니를 따라 콘힐의 언덕길을 내려간 다음, 아이들과 술래잡기를 하며 놀아주기 위해 젖 먹던 힘을 다해 캠든 타운에 있는 집까지 달려갔다.

스크루지는 언제나와 같이 음울한 단골 선술집에서 음울한 저녁 식사를 했으며, 신문을 전부 읽어치운 다음 남은 저녁 시간 내내 은행 통장을 들여다보며 즐거워하다가 잠자리에 들기 위해 집으로 갔다. 그는 한때 죽은 동업자가 살던 독신자용 셋집에 살았다. 셋집은 거의 쓸모가 없는 뜰을 경계 짓는 낮은 울타리 안에 여러 개의 음침한 방들로 이루어져 있었기 때문에 한때나마 새 집이던 시절이 있었을 것이라고는 상상할 수 없을 정도였으며, 다른 집들과 숨바꼭질을 하다가 밖으로 다시 나가는 길을 잃어버린 것 같았다. 이제는 너무 낡았고, 스크루지를 제외하고는 아무도 사는 사람이 없었으며, 다른 방들은 전부 사무실로 임대되고 있어서 집은 몹시 적막했다. 뜰이 너무 어두웠기 때문에 구석구석의 돌멩이 하나까지도 알고 있는 스크루지마저도 손으로 더듬거려서 길을 찾을 수밖에 없었다. 안개와 추위가 집의 깜깜하고 낡은 현관에 휘감겨 있었기 때문에 날씨의 신이 음울한 명상에 잠겨 그 문지방에 앉아 있는 것처럼 보일 정도였다.

자, 그 집 현관에 문고리가 붙어 있었다고 해서 특이할 게 전혀 없다는 것은 사실이다―그 문고리가 아주 크다는 사실만 제외하면. 또한 스크루지가 그 집에 사는 동안 내내 아침저녁으로 그 문고리를 보았다는 것도, 또한 스크루지가 런던이라는 대도시에 사는—무례한 말이긴 하지만—사업가와 정치가와 동업 조합원 들까지 포함해서 그 누구보다도 상상력이라고 부를 만한 것이 많지 않다는 것도 사실이다. 그날 오후 잠시 말리를 들먹였던 것을 빼고는 스크루지가 칠 년 전에 죽은 파트너를 눈곱만치도 떠올린 적이 없다는 사실 역시 염두에 두도록 하자. 자, 그렇다면 현관문 열쇠 구멍에 열쇠를 꽂던 스크루지가 어떻게 해서 문고리에서 변형되는 어떤 중간 단계도 없이 문고리가 아닌 말리의 얼굴을 보게 되었는지 설명해줄 수 있는 사람이 있을까?

말리의 얼굴. 그 얼굴은 뜰 안의 다른 물건들처럼 한 치 앞도 볼수 없는 어둠에 잠겨 있었던 것이 아니라 어두운 지하실 안의 부패한 바다가재처럼 음울한 빛을 띠고 있었다. 말리의 얼굴은 분노하거나 흉악해 보이는 것이 아니라 유령 같은 이마에 유령 같은 안경을 올린 채 예전에 그랬듯이 스크루지를 응시했다. 머리칼은 입김이나 열기에 의한 것처럼 지독하게 헝클어져 있었다. 그리고 눈을크게 뜨고 있긴 했지만 눈동자가 완벽하게 정지해 있었다. 그것은 납빛 같은 안색과 더불어 소름끼치게 만들었다. 그러나 말리의 얼굴에 떠오른 공포는 그 제어되지 않는 얼굴에도 불구하고 오히려표정의 일부인 것처럼 보였다.

스크루지가 얼어붙어서 이 현상을 보고 있는 동안 그것은 다시문고리가 되었다.

그가 놀라지 않았다거나 갓난아기처럼 무서운 느낌을 뼛속 깊이 지각하지 못했다고 말하는 것은 사실이 아닐 것이다. 그러나 스크루지는 놓쳤던 열쇠를 집어 들고 완강한 태도로 열쇠를 돌려 집 안으로 걸어 들어가서 초에 불을 붙였다.

그는 문을 닫기 전에 잠시나마 분명히 머뭇거렸다. 그리고 그는 머리를 땋아 늘인 말리의 뒤통수가 집 안쪽으로 돌출되어 있는 광경에 기겁하게 될 것을 반쯤은 예상하는 양 먼저 문 뒤를 조심스럽게 살폈다. 그렇지만 문 뒷면에는 문고리를 고정시킨 스크루와 너트를 제외하고는 아무것도 없었다. 그래서 그는 "홍홍!" 하고 코웃음을 치면서 문을 쾅 닫았다.

문이 닫히는 소리가 천둥처럼 집 안에 울려 퍼졌다. 위층에 있는 모든 방들과 지하에 있는 포도주 상인의 창고에 든 술통들이 저마다 다른 반향을 일으키는 것 같았다. 스크루지는 그런 메아리에 놀랄 사람이 아니었다. 그는 문을 잠그고 천천히 촛불의 심지를 돋구면서 방을 가로질러 계단을 올라갔다.

사람들이 넓다는 말을 할 때 여섯 마리의 말이 끄는 마차를 몰고 낡은 계단을 올라가는 것 혹은 의회법이라는 신생 악법에 비유해서 막연하게 이야기한다.〔아일랜드 자치 운동에 헌신했던 의회 의원 대니얼 오코너가 구멍투성이인 의회법을 비웃으면서 그 행간 사이로 육두마차도 타고 갈 수 있겠다고 이야기했던 것에 빗댄 묘사이다—옮긴이 주〕그렇지만 내가 말하고자 하는 것은 영구 마차마저, 그것도 마차의 스프링을 받치는 가로장을 벽 쪽으로, 그리고 마차의 문을 계단 난간 쪽으로 향하게 해서 가로로 쉽사리 들어가게 할 수 있을 정도로 넓었다는 것이다. 그렇게 들어가고도 공간이 남아돌 정도였다. 스크루지가 자신의 앞쪽 어둠 속에서 영구 마차가 움직이는 것을 본 것 같은 생각이 들었던 것은 아마 그래서였을 것이다. 길거리의 가스등을 대여섯 개 가져다 달아둔다 해도 계단 입구를 완전히 밝힐 수 없을 정도였으니 스크루지의 촛불 하나밖에 없는 계단이 얼마나 어두웠을지 쉽게 상상이 갈 것이다.

정작 계단을 올라가는 스크루지는 털끝만큼도 신경을 쓰지 않았다. 어두운 편이 싸게 먹혔고, 그것이야말로 스크루지가 좋아하는 것이었다. 하지만 스크루지는 육중한 문을 닫기 전에 모든 것이 정상인지 방들을 돌아다니며 확인했다. 조금 전에 보았던 말리의 얼굴이 상기되어서 그렇게 하지 않을 수 없었다.

거실과 침실과 창고를 점검했다. 모두 아무런 이상이 없었다. 테이블 밑에도, 소파 밑에도 아무도 없었다. 벽난로에는 조그만 불길이 일고 있었고, 숟가락과 얕은 사발이 준비되어 있었으며, 벽난로 안쪽의 냄비를 데우는 시렁에는 오트밀 죽이 담긴 조그만 소스 냄비(스크루지는 코감기에 걸려 따뜻한 음식을 먹어야 했다)가 얹혀 있었다. 침대 밑에도, 옷장 안에도 아무도 없었다. 벽에 수상스러운 모양새로 걸려 있던 실내복 안에도 아무도 없었다. 창고도 평상시와 똑같았다. 낡은 난로 울타리, 낡은 신발, 생선 바구니 두 개, 다리가 세 개인 세면대, 그리고 부지깽이가 다였다.

그제야 만족한 스크루지는 문을 닫고 자물쇠를 걸어 잠갔다. 스크루지는 평소답지 않게 이중으로 자물쇠를 걸어 잠갔다. 그렇게 해서 놀랄 위험이 없어졌다고 생각한 스크루지는 넥타이를 풀고 실내복으로 갈아입은 다음 슬리퍼를 신고 나이트캡을 쓰고서 오트밀 죽을 먹으려고 난로 앞에 앉았다.

난로의 불길은 정말이지 약했다. 그렇게 추운 밤에는 있으나마나 할 정도였다. 한 줌 될까 말까 하는 석탄에서 아주 조금이라도 온기를 느끼려면 스크루지는 바싹 당겨 앉아서 난로 쪽으로 몸을 수그릴 수밖에 없었다. 난로는 아주 오래전에 네덜란드 상인이 만든 것이었고, 그 주위에는 온통 성서의 내용을 나타내도록 배치된 예스러운 네덜란드 타일이 붙어 있었다. 카인과 아벨도 있었고, 파라오의 딸들과 시바의 여왕, 깃털 이불처럼 안락해 보이는 구름 사이로 공중에서 내려오는 천사 사자들, 아브라함, 벨사살, 조각배를 타고 바다로 나가는 사도들 등 수백에 달하는 인물들이 스크루지의 생각을 사로잡았다. 그러나 칠 년 전에 죽은 말리의 얼굴이 고대 예언자의 지팡이처럼 갑자기 나타나 그 모든 것을 지워버렸다. 만약 처음부터 모든 타일이 아무 그림 없이 매끈해서 스크루지의 어지럽게 흐트러진 생각의 단편들을 그려낼 수 있었다면 타일 조각조각마다에는 말리의 머리가 그려졌을 것이다.

"흥, 엉터리 속임수야!" 소리 내어 말을 한 스크루지는 방 안을 서성거렸다. 몇 바퀴 돈 후 그는 다시 자리에 앉았다. 스크루지가 의자에 머리를 뒤로 기대려 할 때 그의 시선은 종에 머물렀다. 방에 매달려 건물 맨 꼭대기 층에 있는 방과 어떤 목적으로 연락을 취하는 데 사용되었지만 지금은 잊혀져서 사용되지 않는 종이었다. 정말 놀랍고 기이하고 설명이 되지 않는 공포스러운 일이었지만, 스크루지가 보고 있는 동안 종이 빙빙 돌기 시작했다. 처음에는 아주 약하게 돌았기 때문에 거의 소리가 나지 않았지만, 곧 시끄럽게 종소리가 울렸다. 집 안의 모든 종들이 마찬가지로 시끄럽게 울리기 시작했다.

종소리가 울렸던 것은 삼십 초, 어쩌면 일 분 정도였지만 스크루지에게는 한 시간은 족히 지난 것 같았다. 울리기 시작했을 때와 마찬가지로 종소리들은 한꺼번에 멈췄다. 그 뒤를 이어 저 아래쪽 깊은 곳에서 쟁그랑거리는 소리가 들려왔다. 누군가가 포도주 상인의 술통 위로 무거운 쇠사슬을 질질 끄는 것 같은 소리였다. 그때 스크루지는, 흉가의 유령은 쇠사슬을 끄는 모습으로 나타난다는 말을 들은 적이 있음을 떠올렸다.

지하실 문이 쾅 소리를 내며 덜컹 열렸고, 쇠사슬을 끄는 소리가 점점 커지더니 일 층에서 들렸다. 그러더니 그 소리는 계단을 올라오고, 그의 방으로 곧장 다가왔다.

"그래도 엉터리 속임수야!" 스크루지가 말했다. "그런 것은 믿지 않겠어."

그렇지만 그것이 잠시도 주저하지 않고 육중한 문을 통과해서 방으로 들어와 눈앞에 서게 되자 스크루지의 안색은 변하고 말았다. 그것이 방으로 들어오는 순간 꺼져가던 불꽃이 "나는 그를 알아! 말리의 유령이야!"라고 외치기라도 하는 것처럼 확 피어났다가 다시 사그라졌다.

똑같은 얼굴. 정말 똑같았다. 뒤로 머리를 땋아 늘이고, 언제나와 같은 조끼와 꽉 끼는 바지와 부츠에 땋은 머리만큼이나 빳빳하게 곧추선 부츠의 장식 술, 코트 자락과 윗머리까지 똑같은 말리였다. 말리가 끌고 다니는 사슬은 그의 몸통을 죄고 있었다. 사슬은 길고 말리의 몸에 꼬리처럼 감겨 있었으며, (스크루지가 자세히 들여다보았기 때문에 알 수 있었지만) 금고, 열쇠, 맹꽁이자물쇠, 회계 장부, 온갖 증서, 강철로 만든 무거운 돈주머니 따위가 주렁주렁 매달려 있었다. 말리의 몸이 투명했기 때문에 그를 지켜보고 있던 스크루지는 조끼를 뚫고 코트 뒤에 달려 있는 두 개의 단추까지 볼 수 있었다.

스크루지는 사람들이 말리에게 내장〔영어에서 내장을 의미하는 bowel의 복수형인 bowels에는 동정심이나 인정이라는 뜻도 있다―옮긴이〕이 없다고 하는 말을 종종 들었지만 바로 지금까지는 그런 말을 믿지 않았다.

아니, 지금도 스크루지는 그것을 믿을 수 없었다. 말리의 유령을 아무리 보고 또 봐도 자신의 눈앞에 서 있는 것을 똑똑히 보고서도, 유령의 무섭도록 차가운 눈 때문에 으슬으슬해지는 것을 느끼면서도, 전에는 보지 못했지만 유령의 머리와 턱을 감고 있는 수건의 짜임새에 주목하면서도 스크루지는 여전히 회의적이었고, 자신의 감각을 믿을 수 없었다.

"지금 어쩌자는 거냐?" 스크루지가 여느 때와 마찬가지로 신랄하고 냉담하게 말했다. "나에게 뭘 원하는 거지?"

"원하는 게 많지!" 말리의 목소리였다. 한 치도 의심할 나위가 없었다.

"너는 누구지?"

"내가 누구였느냐고 물어보지 않겠나."

"그러면 네가 누구였는데?" 스크루지가 목청을 높였다. "유령……치고는 까다롭구먼." 그는 '유령이'라고 말하려고 했지만 '유령치고는'이라는 말이 더 적당하다고 여겨져서 말을 바꿨다.

"살아 있을 때 나는 자네의 동업자였던 제이콥 말리였지."

"자네, 자네 앉을 수 있는가?" 스크루지가 말리의 유령을 회의적으로 바라보며 물었다.

"앉을 수 있네."

"그럼 자리에 앉지그러나."

스크루지가 그런 질문을 했던 것은 그렇게 투명한 유령이 과연 의자에 앉을 수 있는지 알지 못했기도 하거니와 의자에 앉지 못할 경우에는 유령이 쩔쩔매며 변명을 늘어놓을 것 같다고 여겼기 때문이었다. 그러나 유령은 상당히 익숙한 듯이 난롯가 반대편에 놓인 의자에 앉았다.

"자네는 나를 믿지 않는군." 유령이 말했다.

"못 믿겠네." 스크루지가 말했다.

"내가 실제로 존재한다는 데 자네의 감각보다 더한 증거가 있겠는가?"

"그거야 모르는 일이지." 스크루지가 말했다.

"왜 자네의 감각을 의심하는 건가?"

"왜냐하면 말이지." 스크루지가 말했다. "감각은 아주 사소한 것에도 영향을 받기 때문이지. 위장이 약간만 좋지 않아도 감각은 속는다네. 어쩌면 자네는 소화가 되지 않은 조그만 쇠고기 조각일 수도 있고, 겨자 찌꺼기나 치즈 조각, 아니면 설익은 감자 부스러기일 수도 있지. 그러니 자네가 무엇이든 간에 무덤보다는 고기 국물일 가능성이 높지!"

스크루지는 농담을 잘 지껄이는 사람도 아니었고, 더더군다나 지금은 농담을 하고 싶은 기분도 아니었다. 사실은 그랬다. 그는 유령의 목소리가 골수에 사무치게 무서웠기 때문에 주의를 딴 데로 돌려서 자신의 두려움을 진정시키려고 신랄하게 굴고 있었다.

유령이 아무런 말도 하지 않고 고정된 생기 없는 눈으로 자신을 응시하는 것은 재앙이나 다름없다고 스크루지는 생각했다. 유령이 내뿜고 있는 지옥의 공기 역시 대단히 끔찍했다. 스크루지 자신이 그것을 느낄 수 있었던 것은 아니지만 지옥의 공기가 그들을 휘감고 있다는 것은 분명했다. 유령은 전혀 움직이지 않은 채 앉아 있었지만 유령의 머리칼이나 코트 자락, 그리고 장식 술이 오븐에서 나오는 뜨거운 증기를 쐬고 있는 것처럼 끊임없이 흔들리는 것을 보면 자명한 사실이었다.

"이 이쑤시개 보이나?" 스크루지는 조금 전에 탓했던 것과 같은 구실로 재빨리 비난했다. 그러면서도 단 일순간이라도 좋으니 유령의 섬뜩한 시선을 자신에게서 이쑤시개로 돌릴 수 있기를 바랐다.

"보이네." 유령이 대답했다.

"보고 있지 않잖아." 스크루지가 말했다.

"그럼에도 불구하고 보인다네." 유령이 말했다.

"좋아. 자네가 보고 있다니 말인데, 이 이쑤시개를 집어삼켜서 남은 일생 동안 내 스스로 상상해서 만들어낸 유령 무리한테 쫓겨 다니는 수밖에 없겠군. 흥, 엉터리야. 속임수라고!"

스크루지가 말하기 무섭게 유령은 끔찍한 비명을 질러대며 쇠사슬을 마구 흔들어 무시무시하고 오싹한 소리를 냈고, 스크루지는 기절하지 않기 위해 의자 손잡이를 꽉 움켜잡을 수밖에 없었다. 그러나 유령이 수건을 감고 있기에는 날씨가 너무 따뜻하기라도 하다는 양 머리를 싸매고 있던 것을 푸는 순간 아래턱이 가슴으로 툭 떨어지자 그 이상 공포스러울 수 없었다!

스크루지는 무릎을 꿇고 얼굴 앞에 두 손을 모아 깍지 끼웠다.

"자비를 베푸소서!" 스크루지가 애원했다. "무서운 유령이여, 왜 나를 괴롭힌단 말인가?"

"세속적인 인간이로군!" 유령이 대답했다. "자네는 이제 나를 믿겠는가?"

"믿네, 믿어." 스크루지가 말했다. "믿을 수밖에 없지. 하지만 왜 영혼들이 지상을 떠돈다는 말인가? 그리고 그런 영혼들이 왜 하필이면 나에게 오는 건가?"

유령이 대답했다. "사람이라면 누구나 내면의 영혼이 밖으로 나

다니며 다른 사람들과 어울리고 멀리, 그리고 널리 여행을 하게 해야 하는 법이네. 살아 있는 동안 영혼이 그 의무를 다하지 못한다면 죽은 후에라도 그렇게 해야 한다네. 세상을 배회해서─아, 내가 불쌍하구나!─생전에 나눌 수도 있었던, 그래서 행복해질 수 있었지만 지금은 공유하지 못하는 것이 무엇인지 지켜보아야 하는 것이라네."

또다시 유령이 비명을 지르며 쇠사슬을 흔들어댔고, 흐릿한 손을 비틀었다.

"자네가 쇠사슬에 묶여 있는 것은 무엇 때문이지?" 스크루지가 벌벌 떨면서 물었다.

"내 몸을 묶고 있는 쇠사슬은 생전에 내가 만든 것이라네." 유령이 대답했다. "한 고리 한 고리, 일 미터 일 미터가 전부 내가 만들어낸 거야. 내 자유의지로 내가 쇠사슬을 묶었고, 내 자유의지로 내 몸에 묶은 거지. 자네에겐 이 모양새가 낯설어 보이나?"

스크루지는 더욱더 몸을 벌벌 떨었다.

"아니면 자네 몸을 직접 지탱하고 있는 강력하고 억센 똬리가 얼마나 긴지, 얼마나 무거운지 알 수 있겠나?" 유령은 스크루지를 몰아붙였다. "칠 년 전 크리스마스이브에 자네의 쇠사슬은 내가 지금 묶여 있는 것만큼 무겁고 길었지. 그 후로도 계속 자네는 사슬을 만드는 데 골몰해왔고. 정말 크고 무거운 사슬이로군!"

스크루지는 백 미터는 족히 되는 강철 사슬이 자신의 몸을 묶고 있는 것을 보게 되지는 않을까 싶어 바닥 부근을 흘낏 보았다. 그렇지만 아무것도 보이지 않았다.

"제이콥." 스크루지가 애원하듯이 불렀다. "나의 오랜 친구 제이콥 말리, 좀 더 이야기해주게. 나에게 위안이 될 만한 이야기를 해줘, 제이콥."

"나는 자네에게 위안을 줄 수 없어." 유령이 대답했다. "위안은 다른 곳에서 오는 거라네, 에벤에저 스크루지. 위안은 나와는 다른 대리인들이 자네와는 다른 종류의 사람들에게 주는 것이지. 내가 어떻게 할지도 자네에게 말해줄 수 없어. 나에게는 아주 조금 더 말하는 것밖에 허락되어 있지 않아. 나는 그 어디에서도 쉴 수도, 머무를 수도, 남아 있을 수도 없다네. 생전에 내 영혼은 우리 사무실을 제외하고는 어떤 곳에도 간 적이 없었어. 내 말을 잘 듣게! 살아 있을 때 내 영혼은 우리가 일하던 '환전 소굴'이라는 좁은 경계 밖으로 나간 적이 없었어. 그래서 이런 피곤하고 넌더리 나는 여행이 내 앞에 놓이게 된 거지!"

스크루지에게는 깊이 생각에 잠길 때면 바지 주머니에 손을 집어넣는 습관이 있었다. 지금도 눈을 들어 올리거나 바닥에서 일어나지는 않았지만 스크루지는 유령이 한 말을 곰곰이 생각하면서 주머니에 손을 넣었다.

"그걸 깨닫기까지 정말로 많은 시간이 걸렸군, 제이콥." 스크루지가 겸손하고 공경스럽기는 하지만 사무적인 어조로 말했다.

"많은 시간이 걸렸지!" 유령이 되풀이했다.

"자네가 죽은 지 칠 년이나 되지 않았나." 스크루지가 생각에 잠기며 물었다. "그동안 내내 떠돌아다닌 건가?"

"칠 년 내내." 유령이 말했다. "안식도, 평화도 없었어. 끊임없는 후회로 고문당한 시간이었지."

"빠르게 돌아다니는가?" 스크루지가 물었다.

"바람의 날개를 타고 다니지." 유령이 대답했다.

"그렇다면 칠 년 동안 여기저기 수많은 곳들을 돌아다녔겠군." 스크루지가 말했다.

그 말을 듣자마자 유령은 또다시 비명을 질렀고, 한밤중의 무섭도록 고요한 정적 속에서 그 쇠사슬을 어찌나 무시무시하게 쩔그렁거렸던지 소란 죄목으로 고발해도 법정에서 인정받을 수 있을 정도였다.

"아, 사로잡히고 속박되고 이중으로 족쇄가 채워져서 나는 몰랐어!" 유령이 소리쳤다. "가능한 선(善)이 전부 발현되기도 전에 이 지상을 영원으로 바꾸어야 하기 때문에 불멸의 존재들이 얼마나 오랜 시간 동안 끊임없이 애써왔는지 알지 못했어. 무엇이 되었든 자신이 살아가는 좁은 범위에서 친절하게 굴려고 노력하는 모든 기독교도의 영혼들이 그 다양한 방법들을 모두 실천하기에는 필멸의 인생이 너무 짧다는 것을 알지 못했어. 아무리 후회를 해도 잘못 사용해서 놓쳐버린 한 사람의 삶의 기회를 되돌릴 수 없다는 것을 나는 알지 못했다고! 그래, 그게 바로 나야! 아아! 그게 나였어!"

"하지만 자네는 언제나 훌륭한 사업가였잖나, 제이콥." 이런 변명을 자기 자신을 위해서도 하고 싶은 스크루지가 항의했다.

"사업가라고?" 유령이 다시 손을 비틀어대며 소리 질렀다. "인류가 나의 사업이었네. 사람들을 위한 복지 사업이 내 일이었어. 자선 사업과 자비심과 관용, 이 모든 것들이 나의 사업이었어. 내가 했던 장사 거래들은 내 진짜 사업이라는 넓은 바다에 있는 물 한 방울에 지나지 않았단 말일세!"

유령은 아무짝에도 쓸모가 없는 제 비탄이 쇠사슬 때문이기라도 하다는 듯 사슬을 높이 들어올렸다가 다시 바닥에 세게 내동댕이쳤다.

"해마다 이맘때가 되면 나는 가장 고통을 받는다네." 유령이 말했다. "왜 내가 눈을 내리깔고 다른 사람들을 지나쳐 갔던 것일까? 왜 눈을 들어 동방박사들을 초라한 거처로 인도했던 축복의 별을 보려고 하지 않았던 것일까? 그 별빛이 나를 인도해 데려갈 가난한 집들이 없지 않았을 텐데!"

여기까지 유령의 말을 들은 스크루지는 질려서 어찌할 바를 몰랐고, 몸을 그지없이 와들와들 떨기 시작했다.

"내 말을 잘 듣게!" 유령이 소리쳤다. "나에게 허락된 시간이 거의 다 됐어."

"그러겠네," 스크루지가 말했다. "그렇지만 나에게 너무 심하게 굴지 말게! 너무 꾸며서 말하지도 말고. 제이콥, 제발!"

"내가 어떻게 자네가 볼 수 있는 모습으로 자네 눈앞에 나타날 수 있었는지는 말할 수 없네. 나는 아주 많은 날들을 보이지 않는 모습으로 자네 옆에 앉아 있곤 했다네."

그다지 유쾌하지 않은 생각이었다. 스크루지는 벌벌 떨면서 이마에 맺힌 땀을 훔쳤다.

"그것은 내 속죄에서도 쉽지 않은 부분이야." 유령이 말했다. "오늘 밤 나는 자네에게는 아직도 기회가 있고 나와 같은 운명을 피해갈 수 있는 희망이 있다는 것을 알려주려고 여기 왔다네. 내가 자네를 위해 마련한 단 한 번의 기회이자 희망일세, 에벤에저."

"자네는 항상 나에게 좋은 친구였지." 스크루지가 말했다. "고맙네!"

"자네에게 세 유령이 나타날 거야." 유령이 말을 이었다.

스크루지의 안색이 거의 유령만큼이나 납빛으로 변했다.

"그것이 자네가 말한 기회이자 희망이란 말인가, 제이콥?" 스크루지가 떨리는 목소리로 다그쳤다.

"바로 그렇다네."

"그……그런 기회는 안 주어도 될 것 같은데." 스크루지가 말했다.

"세 유령의 방문을 받지 않으면 내가 걸었던 길을 피할 수 없다네." 유령이 말했다. "처음 유령은 내일 나타날 걸세. 시계가 한 시를 울리면."

"차라리 한꺼번에 셋을 다 만나고 끝내버릴 수는 없을까, 제이콥?" 스크루지가 넌지시 말했다.

"두 번째 유령은 그 다음 날 똑같은 시간에 나타날 걸세. 세 번째 유령은 또 그 다음 날 밤 열두 시를 알리는 마지막 종소리가 울리고 떨림이 멎을 때에 나타날 거야. 나를 다시 만나게 되는 일은 없을 걸세. 그리고 자네 자신을 위해서라도 우리 사이에 있었던 일을 명

심해야 함을 유념하게!"

이런 말을 마친 유령은 테이블 위에 두었던 머릿수건을 들어 이전처럼 머리를 잘 싸맸다. 스크루지는 이가 부딪치는 지독한 소리로 유령이 턱을 다시 접합시켰다는 것을 알았다. 스크루지가 두려움을 무릅쓰고 눈을 들자 초자연적인 손님이 쇠사슬에 몸통과 팔을 감긴 채 꼿꼿한 자세로 그를 마주하고 서 있었다.

유령은 그에게서 뒷걸음질쳤다. 그리고 유령이 뒤로 한 발 내디딜 때마다 창문이 조금씩 위로 올라가서 마침내 유령이 창문에 도달했을 때에는 활짝 열려 있었다. 유령은 스크루지에게 가까이 오라고 손짓을 했고, 스크루지는 그에 따랐다. 그들 사이의 거리가 두 발짝 정도 남았을 때 말리의 유령은 손을 들어 더 이상 가까이 오지 말라고 경고했다. 스크루지는 그 자리에 멈췄다.

복종이라기보다는 놀람과 공포 때문이었다. 유령이 손을 들었을 때 스크루지가 공중에서 들리는 혼란스러운 소음을 알아차렸기 때문이었다. 통일성이 없는 마구잡이로 흐트러진 비탄과 후회의 소리, 표현할 수 없을 정도로 슬퍼하고 자책하는 울부짖는 구슬픈 소리였다. 잠시 그 소리를 듣고 있던 유령은 그 슬픔에 잠긴 장송곡에 동참했고, 춥고 어두운 밤하늘로 떠올라 날아가버렸다.

스크루지는 호기심을 못 견뎌 창문으로 따라갔다. 그는 바깥을 내다보았다.

공중에는 안절부절못하고 성급하게 여기저기 떠돌아다니면서 슬퍼하는 유령들로 가득했다. 유령들은 하나하나 모두 말리의 유령처

럼 쇠사슬을 감고 있었다. 몇몇은 한데 묶여 있기도 했다(죄를 저지른 관리들이었을 수도 있다). 쇠사슬을 감지 않은 자유로운 유령은 하나도 없었다. 생전에 스크루지와 개인적으로 안면이 있던 유령들도 적지 않았다. 하얀 조끼를 입고 발목에 거대한 강철 금고를 매달고서, 아기를 데리고 계단 위에 앉아 있는 불쌍한 여자를 도울 수 없음을 슬퍼하며 애처롭게 울고 있는 노인의 유령은 생전에 스크루지와 상당히 잘 아는 사이였다. 유령들 모두가 겪고 있는 고통은 사람들의 일에 좋은 의도로 간섭을 하고 싶었지만, 그럴 힘을 영원히 잃어버림으로써 나온 것임이 명백해 보였다.

이런 존재들이 안개 속으로 사라졌는지, 아니면 안개가 그들을 가렸는지 그는 알 수 없었다. 어쨌든 유령과 유령의 목소리는 함께 사라졌고, 밤은 그가 걸어서 집으로 돌아왔던 때와 다름없었다.

스크루지는 창문을 닫고서 유령이 들어왔던 문을 꼼꼼히 점검했다. 그 자신의 손으로 잠갔을 때와 마찬가지로 문에는 이중으로 자물쇠가 채워져 있었고, 볼트 한 개도 풀려 있지 않았다. 스크루지는 "흥, 속임수야!"라고 내뱉으려 했지만, 첫 번째 음절에서 멈췄다. 그가 겪었던 극심한 감정의 기복 때문인지, 아니면 하루의 피로 때문인지, 아니면 보이지 않는 세계를 일별이나마 했기 때문인지, 아니면 유령과 나눈 재미없는 대화 때문인지, 그것도 아니면 시간이 늦어서인지 그에게는 평온한 휴식이 너무나도 간절했다. 스크루지는 곧장 침대로 가서 옷을 벗지도 않은 채 눈 깜짝할 사이 잠들어버렸다.

첫 번째 유령

스크루지가 잠에서 깨었을 때 방 안이 어찌나 어두웠던지 침대에서 내다보았을 때는 투명한 창문과 불투명한 침실의 벽을 거의 구별할 수가 없을 정도였다. 그가 족제비 같은 눈으로 어둠을 꿰뚫어보려고 안간힘을 쓰고 있는데 근처 교회의 종이 네 번째 쿼터[15분마다 치는 종소리―옮긴이]를 쳤다. 그는 몇 시가 되었는지 종소리에 귀를 기울였다.

너무나 놀랍게도 육중한 종소리는 여섯 번에서 일곱 번으로, 일곱 번에서 여덟 번으로, 그리고 마침내 열두 번까지 가더니 멈췄다. 열두 시라니! 스크루지가 잠자리에 들던 시간이 두 시 넘어서였다. 시계가 잘못된 것이 분명했다. 시계 안에 고드름이 언 것이 틀림없었다. 열두 시라니!

스크루지는 두 번 치는 시계[스프링을 누르면 15분 단위로 마지막으로 울렸던 시간을 다시 치는 옛날 시계―옮긴이]의 스프링을 눌렀다. 그 시계도 빠르고 조그맣게 열두 번을 치더니 멈췄다.

"도대체 있을 수 없는 일이야." 스크루지가 말했다. "내가 하루 종일 자고서도 다음 날 한밤중에 일어나다니 말도 안 돼. 해에 무슨 변고라도 생겨서 지금이 낮 열두 시일 리는 없을 텐데!"

무서운 생각이 든 스크루지는 서둘러 침대에서 나와 더듬더듬 창문 쪽으로 갔다. 실내복의 소맷자락으로 창문의 서리를 문질러 닦아내고서야 창 밖을 내다볼 수 있었다. 그러고도 보이는 것은 거의 없었다. 스크루지가 간신히 식별할 수 있던 것이라고는 여전히 안개가 매우 짙게 끼어 있고 무지막지하게 추운 날씨라는 것, 그리고 이리저리 왔다 갔다 하는 사람들이 야단법석을 떠는 소음조차 전혀 들리지 않는다는 것밖에 없었다. 밤이 밝은 낮을 물리쳐서 세상을 지배하게 되었다 하더라도 지금이 낮이라면 의심할 나위 없이 시끄러운 소리들이 들려야 했다. 한편 이것은 대단한 위안이 될 수 있었다. 낮이 없어져서 날을 셀 수 없다면 '이 제1어음을 제시한 지 삼일 안에 에벤에저 스크루지 씨 혹은 그가 지정한 사람에게 지급하시오' 등등의 어음은 미국 정부가 발행한 채권 따위나 다름없을 터였다.〔미국에서는 1986년까지도 외국인의 저작권이 거의 보호되지 않았기 때문에 디킨스는 1840년대에 미국을 여행하면서도 내내 자신의 저작물 보호를 주장해야 했다. 저작권 관련 문제 이외에도 디킨스는 미국과 미국의 사회 시스템에 그다지 신뢰를 가지고 있지 않았다―옮긴이〕

스크루지는 다시 침대로 돌아가서 생각하고, 또 생각하고, 생각에 생각을 거듭했지만 아무런 결론도 내릴 수 없었다. 생각을 하면 할수록 더욱더 혼란스러워졌다. 그리고 생각을 하지 않으려 애를 쓸수록 더욱 골똘히 생각에 빠져들었다. 말리의 유령은 그를 지나치게 괴롭혔다. 심사숙고를 거듭해서 그 모든 것이 꿈이라는 결론을 내릴 때마다 그의 마음은 강력한 스프링이 풀리는 것처럼 다시 맨 처음으로 되돌아갔고, 똑같은 문제를 처음부터 다시 고민해야 했다. "그것이 과연 꿈이었을까, 아닐까?"

십오 분마다 울리는 종이 세 번 울리도록 이런 상태로 누워 있던 스크루지에게 갑자기, 한 시가 되면 첫 번째 유령이 방문할 것이라고 말했던 말리의 유령이 떠올랐다. 자신이 천국에 드는 것만큼이나 잠이 드는 것이 어려울 것이라고 생각한 스크루지는 한 시가 지날 때까지 깨어 있기로 마음먹었다. 그가 할 수 있는 한도 내에서는 아마 그것이 가장 현명한 결론이었을 것이다.

마지막 십오 분은 어찌나 길던지 스크루지는 자신이 무의식적으로 꾸벅꾸벅 졸다가 시계 소리를 놓친 것이 분명하다고 몇 번이고 확신했을 정도였다. 마침내 한 시를 알리는 종이 갑자기 스크루지의 귓전을 때렸다.

"딩동!"

"십오 분이 지났고." 종소리를 세며 스크루지가 말했다.

"딩동!"

"삼십 분이 지났고!" 스크루지가 말했다.

"딩동!"

"한 시 십오 분 전이고." 스크루지가 말했다.

"딩동!"

"드디어 한 시로군." 스크루지가 의기양양하게 말했다. "아무것도 없잖아!"

스크루지가 말했던 것은 시간을 알리는 마지막 종소리가 울리기 직전이었고, 그리고 마침내 심원하지만 둔탁하고, 텅 빈 듯하면서도 음울한 종소리가 한 시를 알렸다. 별안간 방 안에 섬광이 번쩍하더니 스크루지의 침대에 드리워져 있던 커튼이 당겨졌다.

침대 커튼을 옆으로 젖힌 것은, 내 분명히 말하지만, 손이었다. 그의 발치 쪽의 커튼도 아니고, 등 뒤의 커튼도 아닌, 스크루지의 바로 정면에 드리워진 커튼이었다. 스크루지가 누워 있던 침대 커튼이 옆으로 젖혀졌고, 스크루지는 몸을 반쯤 일으키다가 커튼을 열어젖힌 이 세상의 존재 같지 않은 방문객과 정면으로 맞닥뜨렸다. 독자 여러분의 팔꿈치 바로 앞에 마음으로 서 있는 바로 지금의 내가 여러분을 마주하고 있는 거리만큼이나 가까웠다.

유령은 아이 같은 이상한 모습이었다. 그러나 다시 보니 아이라기보다는 시야에서 멀어지는 것 같은 인상을 주는 초자연적인 매체에 비친 노인이 아이 같은 신체 비율로 축소되어 있다는 편이 더 맞을 것 같았다. 목에 휘감기고 등 뒤까지 드리운 유령의 머리칼은 나이가 들면 그렇게 되는 것처럼 하얗게 세어 있었다. 그러나 유령의 얼굴에는 주름살 하나 없었고, 피부는 가장 부드러운 꽃잎 같았다. 팔은 무척 길면서도 근육이 잘 발달되어 있었다. 손도 마찬가지여서 비상식적으로 힘이 셀 것만 같은 느낌을 주었다. 가장 공들여 만든 것 같은 유령의 다리와 발도 팔과 마찬가지로 맨살을 드러내고 있었다. 유령은 가장 순수한 흰색으로 된 튜닉[허리 밑까지 내려와 띠를 두르게 된, 여성용의 낙낙한 블라우스 또는 코트—옮긴이]을 입고 있었는데, 허리에는 아름다운 광채가 반짝거리는 벨트를 매고 있었다. 한 손에는 갓 꺾은 초록색 호랑가시나무 가지를 들었지만, 그 겨울 냄새가 물씬 나는 전형적인 상징과 현저한 대조를 이루며 옷단은 여름 꽃들로 장식되어 있었다. 하지만 그중에서도 가장 기묘한 점은 유령의 머리 꼭대기에서 뿜어 나와 그 모습 전체를 볼 수 있게 해주는 밝고 환한 빛이었다. 그리고 유령이 팔 밑에 끼고 있는 모자 치고는 커다란 (소등기 모양) 모자가 단조롭고 지루한 순간에 쓰이리라는 것은 불 보듯 뻔했다.

그렇지만 더욱더 끈기 있게 살펴보니 가장 기이한 특징은 그 빛이 아니었다. 유령의 벨트에서 화려하게 반짝거리는 부분이 이쪽저쪽 계속 바뀌고 있었다. 한순간 밝게 빛나던 부분이 다음 순간에는 어두워져서 그런 변화에 따라 유령의 모습도 파동 치듯 흔들렸다. 팔이 한 개밖에 없는가 싶었는데, 다리가 한 개밖에 없는 모습으로 바뀌었다가, 다시 다리가 스무 개로, 또 다리는 둘이지만 머리가 없는 모습이었다가, 몸이 없이 머리만 둥둥 뜬 형상으로 바뀌었다. 어둠 속에 녹아든 부분도 서서히 사라지는 부분의 어둠침침한 그늘이 너무 짙어서 윤곽조차 보이지 않았다. 그런 모습에 놀라고 있노라니 유령은 앞서와 마찬가지로 뚜렷하고 명확한 제 모습을 다시 찾았다.

"오늘 밤 오실 거라고 예고된 그 유령님이십니까?" 스크루지가 물었다.

"바로 그렇다네!"

유령의 목소리는 부드럽고 온화했다. 하지만 이상할 정도로 낮은 목소리여서 스크루지 옆 아주 가까이에서가 아니라 아주 먼 곳에서 들려오는 것 같았다.

"유령님은 누구고, 어떤 분이십니까?" 스크루지가 질문했다.

"나는 과거 크리스마스의 유령이라네."

"아주 오래된 과거인가요?" 유령의 난쟁이 같은 몸집에 주의를 기울이면서 스크루지가 물었다.

"아니, 자네의 과거야."

만약 누군가가 스크루지에게 이유를 물을 수 있었다 하더라도 스크루지는 아무런 대답을 하지 못했을 것이다. 하지만 그는 유령이 모자를 쓴 모습을 꼭 보고 싶은 유다른 욕구가 치밀었고, 유령에게 모자를 써봐 달라고 애원했다.

"뭐라고!" 유령이 고함을 질렀다. "그 세속적인 손으로 내가 주는 빛을 그렇게 빨리 없애버리고 싶은 것이냐? 너희 인간들이 그 욕심으로 이 모자를 만들어내고, 길고 긴 세월 동안 내 이마에 강제로 모자를 덮어씌웠던 것으로는 충분하지 않다는 말이냐?"

스크루지는 유령의 감정을 상하게 할 의도는 전혀 없었고, 평생 한 번이라도 유령의 머리에 고의로 '모자를 씌웠는지' 전혀 알지 못했다고 정중한 태도로 부인했다. 그런 다음 스크루지는 대담하게도 오늘 밤 유령이 이곳에 나타난 목적이 무엇인지 여쭈었다.

"자네의 행복을 위해서지!" 유령이 말했다.

스크루지는 입으로는 대단히 감사하다는 말을 중얼거렸지만, 방해를 받지 않고 휴식을 취할 수 있는 밤이 훨씬 행복했을 것이라고 생각할 수밖에 없었다. 유령은 스크루지가 생각한 것을 들었음이 분명했다. 곧바로 "그렇다면 자네의 교화를 위해서라고 해두지. 조심하게!"라고 응수한 것을 보면.

유령은 말을 하면서 그 힘이 세어 보이는 손을 들어 스크루지의 팔을 부드럽게 잡았다.

"일어나라! 나와 함께 걷자!"

스크루지가 걷기에는 적당하지 않은 날씨와 시간이라고, 침대 안은 따뜻했고 온도계는 영도 아래로 한참 내려가 있다고, 옷을 입고 있긴 했지만 슬리퍼와 실내복과 나이트캡이라는 가벼운 차림밖에 되지 않는다고, 그리고 그때 당시 코감기에 걸려 있다고 변명을 해보았자 아무런 소용이 없었을 것이다. 스크루지의 팔을 잡은 유령의 손길은 여자의 손처럼 부드러웠지만 저항할 수 없었다. 그는 자리에서 일어났다. 하지만 유령이 창문 쪽으로 다가가는 것을 보고 깜짝 놀라 유령의 옷자락을 잡고 간절히 애원했다.

"저는 보통 사람입니다." 스크루지가 항의했다. "추락하는 신세를 면할 수 없다고요."

"내 손을 자네에게 대면 이보다 더 높은 곳에서도 든든할걸세." 유령이 그의 가슴에 손을 얹으며 말했다.

유령의 말이 떨어지는 순간 그들은 벽을 통과했고, 양쪽으로 너른 들이 펼쳐진 트인 시골 길 위에 서 있었다. 도시는 완전히 사라져버렸다. 도시의 자취라고는 조금도 보이지 않았다. 그와 더불어 어둠과 안개도 사라져버렸는지 이제는 맑고 추운 겨울 날씨였고, 주변의 땅은 눈으로 덮여 있었다.

"맙소사!" 주변을 둘러보던 스크루지가 양손을 모아 깍지를 끼면서 말했다. "내가 자라난 곳이군요. 어렸을 때 이곳에서 살았어요!"

유령은 스크루지를 부드럽게 응시했다. 아주 미약하고 순간적이긴 했지만 유령의 상냥한 손길은 여전히 늙은 스크루지의 감각에 남아 있는 것 같았다. 그는 공기 중에 감도는 수천 가지 향기를 인식했다. 그 하나하나가 오래, 오래 전에 잊혀졌던 수천 가지 생각과 희망과 기쁨과 걱정거리들과 얽혀 있었다.

"자네 입술이 떨리고 있구먼." 유령이 말했다. "그리고 자네 뺨의 그것은 무엇인가?"

스크루지는 평소와는 달리 붙잡고 싶은 듯한 어조로 뾰루지라고 중얼거렸다. 그리고 자신이 가고 싶은 곳으로 인도해달라고 유령에게 애원했다.

"길을 생각해낼 수 있겠는가?" 유령이 물었다.

"생각이 나냐고요?" 스크루지가 열렬히 외쳤다. "눈을 감고도 찾아갈 수 있지요."

"그런 것을 그렇게 오랜 시간 동안 잊어버리고 있었다니, 거참 이상하군!" 유령이 말했다. "그럼 가보게."

그들은 길을 따라 걸었다. 스크루지는 모든 문과 말뚝과 나무 들을 하나하나 알아볼 수 있었다. 멀리 다리와 교회가 있고 강이 구불구불 감아 도는 조그만 장이 서는 시내가 눈에 들어왔다. 사내아이들을 등에 태우고 빠르게 걷고 있는 길고 부드러운 털이 난 조랑말들이 보였다. 아이들은 농부들이 모는 마차와 수레에 탄 다른 소년들을 소리쳐 부르고 있었다. 아이들은 모두 굉장히 신이 나서 서로에게 소리를 질러댄 나머지 광활한 들은 즐거운 음악 소리로 가득 차서 '파삭' 소리가 날 것 같은 상쾌한 공기마저 웃어대는 듯 했다.

"이것들은 모두 과거의 영상일 뿐이지." 유령이 말했다. "그들은 우리를 알아차리지 못한다네."

유쾌한 여행자들이 가까이 다가왔다. 그리고 그들이 가까워짐에 따라 스크루지는 그 아이들 하나하나의 얼굴과 이름을 떠올릴 수 있었다. 스크루지는 그들을 다시 보고 왜 그렇게 기뻤던 것일까! 아이들이 스쳐지나갈 때 왜 그의 차가운 눈동자는 반짝거리고 심장이 세차게 뛰었던 것일까! 갈림길과 샛길에서 각자의 집을 향해 헤어지는 아이들이 서로에게 '메리 크리스마스'라고 건네는 인사를 들었을 때 왜 그의 마음은 기쁨으로 가득 찼던 것일까! 스크루지에게 즐거운 크리스마스가 뭘까? 즐거운 크리스마스라니, 제기랄! 크리스마스가 그에게 해준 것이 뭐가 있단 말인가?

"학교가 완전히 빈 것은 아니로군." 유령이 말했다. "친구들에게 잊힌 고독한 아이 한 명이 아직 학교에 남아 있잖아."

스크루지는 안다고 중얼거리며 흐느꼈다.

그들이 큰길을 벗어나 전혀 잊히지 않은 좁은 골목길로 접어들자 곧 우중충한 붉은 저택이 가까워졌다. 저택 지붕의 벽돌로 된 수탉 모양의 풍향계가 얹힌 둥근 꼭대기 안에는 종이 매달려 있었다. 그 저택은 굉장히 컸지만, 이미 한물가버린 듯 했다. 넓은 사무실들은 거의 사용되지 않았고, 습기 찬 벽에는 이끼가 끼었으며, 문은 썩어 있었다. 마구간에는 닭들만이 꼬꼬댁거리며 활개 치고 있었고, 마차를 넣어두는 차고와 오두막에는 풀이 웃자라 있었다. 저택 내에도 그 옛날의 좋았던 시절을 상기시키는 것은 전혀 없었다. 음울한 현관으로 들어가 방문이 열린 많은 방들을 들여다보았지만 가구라고는 거의 없었으며, 춥고 황량했다. 공기 중에 흙 같은 냄새가 떠도는 으스스하게 비어 있는 집 안은 촛불 빛에 의지해서 일어나고, 먹을 것이 별로 없는 장소였다는 것을 떠올리게 했다.

그들, 유령과 스크루지는 홀을 가로질러 저택의 뒤쪽에 있는 문에 이르렀다. 문은 그들의 눈앞에서 열려 기다랗고 초라한, 우울해 보이는 방을 드러냈다. 줄을 지어 늘어선 빈약한 긴 의자와 책상들 때문에 방은 더욱 초라해 보였다. 그런 책상들 가운데 희미한 난롯불 가까이 놓인 한 책상에 소년이 쓸쓸히 앉아서 책을 읽고 있었다. 한쪽 의자에 앉은 스크루지는 잊어버리고 있던 자신의 불쌍한 과거 모습에 흐느껴 울었다.

저택 안에 숨어 있던 메아리도, 벽 널빤지 뒤에 쥐들이 찍찍거리며 돌아다니는 소리도, 황량한 뒤뜰의 반쯤 녹은 홈통에서 똑똑 떨어지는 물소리도, 생기를 잃고 잎이 다 떨어져버린 포플러 가지들 사이로 바람이 탄식하는 소리도, 텅 빈 창고 문이 무의미하게 흔들거리는 소리도, 아니, 난롯불이 타닥거리는 소리도, 무엇 하나 스크루지의 마음을 부드럽게 만들지 않는 것이 없었으며, 그의 눈에선 눈물이 마구 쏟아졌다.

유령은 스크루지의 팔을 건드리더니 독서에 몰두하고 있는 어린 스크루지를 가리켰다. 갑자기 창 밖에 이국적인 옷을 입은 한 남자가 놀라울 정도로 현실적이고 뚜렷하게 눈에 띄는 모습으로 허리춤에 도끼를 매달고, 장작을 등에 실은 당나귀의 고삐를 잡고 서 있었다.

"아니, 알리바바예요!" 스크루지가 환희에 차서 외쳤다. "그리운 그 옛날의 정직한 알리바바로군요! 그래, 맞아요. 기억이 납니다! 언젠가 저쪽의 고독한 아이가 여기 완전히 외톨이로 남겨졌던 크리스마스 때에 알리바바가 처음으로 찾아왔었지요. 꼭 저렇게요. 불쌍한 아이 같으니! 그리고 발렌타인도요." 스크루지가 말했다. "발렌타인과 곰의 동굴에서 자란 그의 형제 오르손도 저기 지나가고 있어요! 그리고 저 사람 이름이 뭐더라? 다마스커스 성문 옆에 속옷 차림으로 자고 있던 저 사람 말입니다! 저기 안 보이세요? 그리고 램프의 거인 지니가 거꾸로 뒤집었던 술탄의 마부도 있군요. 물구나무선 꼴로 저기 있잖아요! 꼴 좋구먼! 그것 참 잘된 일이지요. 제 주제에 공주님이랑 결혼할 꿈을 꾸다니!"

런던에 있는 스크루지의 사업 상대들이 웃는 것도 우는 것도 아닌 평소와는 전혀 딴판인 목소리로 열과 성을 다해 그런 이야기에 그가 열을 올리는 것을 듣고, 그의 밝고 흥분된 얼굴을 보았다면 깜짝 놀랐을 것이었다.

"저기 앵무새도 있군요!" 스크루지가 외쳤다. "초록색 몸뚱이에 노란색 꼬리, 그리고 머리 꼭대기에 난 상추같이 생긴 것들이라니. 그가 저기 있어요! 가엾은 로빈슨 크루소, 섬 주위를 보트로 둘러보고서 집으로 돌아왔더니 앵무새가 그를 불렀어요. '가엾은 로빈슨 크루소, 어디 갔다 오는 거니, 로빈슨 크루소?' 로빈슨 크루소는 자기가 꿈을 꾸고 있다고 생각했지만, 그렇지 않았지요. 앵무새가 불렀던 거지요. 아시죠? 저기 프라이데이도 있군요. 목숨을 구하려고 작은 만으로 달려가고 있군요! 이봐! 어이! 이보라고!"

소리를 지르며 즐거워하던 스크루지였지만 갑자기 평상시 그의 성격에 비추어보면 놀랄 정도로 빠르게 기분이 바뀌었고, 그는 과거의 어린 스크루지가 불쌍해져서 중얼거렸다. "불쌍한 녀석!" 그러고는 다시 울기 시작했다.

"그럴 수만 있다면." 스크루지가 소맷자락으로 눈물을 훔치더니 주머니에 손을 집어넣고 주변을 두리번거리며 웅얼거렸다. "그렇지만 이제는 너무 늦어버렸어."

"왜 그러는 거냐?" 유령이 물었다.

"아무것도 아닙니다." 스크루지가 대답했다. "아무것도 아니지요. 어제 저녁에 한 꼬마가 제 사무실 문 앞에서 크리스마스 캐럴을 불렀어요. 그 애한테 뭐라도 주어서 보낼 걸 그랬다 싶어서 말이지요. 그뿐입니다."

유령은 의미심장한 미소를 짓더니, "이제 또 다른 크리스마스를 보러 가자꾸나!"라고 말하며 손을 흔들었다.

유령의 말이 떨어지자마자 과거의 스크루지가 불쑥 자라났고, 방은 좀 더 어둡고 좀 더 지저분해졌다. 벽에 댄 널빤지들은 뒤틀렸고, 창문은 깨져 있었다. 천장에서는 회칠한 조각들이 떨어져나가 그 안의 윗가지들이 적나라하게 드러나 보였다. 그렇지만 어떻게 이런 모습으로 갑자기 바뀌었는지 스크루지라고 해서 여러분보다 잘 알지 못했다. 그가 알 수 있었던 것이라고는 그 광경이 틀림없이 맞는 사실이고, 모든 것이 실제로 일어났던 일이며, 다른 아이들이 모두 즐거운 크리스마스를 보내러 집으로 돌아갔을 때 소년 스크루지만 또다시 혼자 남겨졌다는 점뿐이었다.

이제 스크루지는 책을 읽지 않고 절망적인 심정으로 방을 서성이고 있었다. 스크루지는 유령을 쳐다보더니 애처롭다는 듯 머리를 흔들며 불안한 시선으로 문을 응시했다.

문이 열렸다. 그리고 소년 스크루지보다 훨씬 어린 조그만 여자 아이가 달려 들어와 스크루지의 목을 끌어안고, 뽀뽀를 해대며 그를 '소중하고 소중한 우리 오빠'라고 불렀다.

"소중한 우리 오빠, 오빠를 집에 데려가려고 왔어요!" 여자 아이가 조그만 손으로 손뼉을 치며 웃음을 터뜨렸다. "오빠를 집으로 데려가려고요! 집 말이에요, 집!"

"집이라고? 귀여운 팬!" 소년이 물었다.

"그래요!" 기뻐서 어쩔 줄 모르는 아이가 대답했다. "집으로 가요. 영영. 영원히 집으로 가는 거예요. 아빠가 이제 예전보다 훨씬 온화해져서 집이 꼭 천국 같아요! 저번 날 밤에 잠자리에 들려고 하는데 아빠가 나에게 너무나 따뜻하게 말씀을 하셨지 뭐예요. 그래서 용기를 내서 오빠가 집에 와도 되는지 한 번 더 여쭤보았어요. 그랬더니 아빠가 그래도 된다고, 오빠가 집에 왔으면 좋겠다고 하셨어요. 그리고 내가 오빠를 데리러 갈 수 있도록 마차에 태워 보내 주셨다고요. 이제 오빠도 제 몫을 하는 남자가 될 거예요!" 아이는 눈을 동그랗게 뜨며 말했다. "그리고 여기에는 두 번 다시 돌아오지 않을 거예요. 그렇지만 우선 우리가 크리스마스를 함께 보내는 게 너무 오랜만이니까 세상에서 가장 즐거운 크리스마스를 보내자고요."

"귀여운 팬이 이제 당당한 숙녀가 되었는걸!" 소년이 외쳤다.

여자 아이는 손뼉을 치며 웃음을 터뜨렸다. 그리고 소년의 머리를 쓰다듬으려 했지만 키가 너무 작아서 손이 닿지 않자 다시 웃음을 터뜨렸고, 까치발로 서서 소년을 껴안았다. 그러더니 어린아이다운 열망을 담아 소년을 문 쪽으로 끌어당기기 시작했고, 소년은 기꺼이 여자 아이를 따랐다.

무시무시한 목소리가 홀을 울렸다. "이봐, 스크루지 도령의 짐을 들고 내려가도록 해라!" 그러더니 교장이 직접 홀에 모습을 드러내어 스크루지 도령을 사납고 젠체하는 태도로 노려보며 악수를 해 그를 겁에 질리게 만들었다. 교장은 스크루지와 그의 여동생을 응접실로 데려갔다. 그곳은 여태까지 본 중에 가장 멋지지만 벽에 걸린 지도와 창가에 놓인 천구의와 지구의마저 모조리 추위로 창백하게 질려 몸이 덜덜 떨리는 굉장히 오래된 곳이었다. 거기서 교장은 신기할 정도로 묽은 포도주와 신기할 정도로 기름진 케이크를 꺼내더니 그 산해진미를 아이들에게 조금씩 나누어주었다. 동시에 바짝 마른 하인에게 바깥에 있는 마부에게도 가져다주라며 '마실 것'을 한 잔 들려 보냈다. 그렇지만 마부는 교장 선생님의 친절은 고맙지만 그것이 전에 맛보았던 것과 같은 술이라면 차라리 안 마시는 게 낫겠다고 대답했다. 그때쯤에는 스크루지 도령의 트렁크가 마차 꼭대기에 단단히 동여매졌고, 아이들은 교장에게 아주 기꺼운 모습으로 작별 인사를 건넸다. 그리고 마차에 올라 유쾌하게 달렸다. 재빠르게 구르는 마차 바퀴는 상록수의 거무스름해진 잎에 쌓인 흰 눈과 서리를 눈보라처럼 튀겼다.

"항상 연약했어. 산들바람만 불어도 시들시들해질 것 같았으니까." 유령이 말했다. "그렇지만 그 애는 정말로 넓은 마음을 가지고 있었지!"

"정말 그랬습니다." 스크루지가 흐느꼈다. "유령님이 옳아요. 도대체 반박할 수 있을 리가 없지요!"

"어른이 된 후 죽었지. 아이들이 있었던 것 같은데?" 유령이 물었다.

"자식이 한 명 있지요." 스크루지가 대답했다.

"맞아." 유령이 말했다. "자네 조카지!"

스크루지는 마음이 불편한 듯이 보였고, 짧막하게 대답했다.

"예."

학교를 뒤로 하고 떠난 유령과 스크루지는 바로 다음 순간 환상 같은 보행자들이 바쁘게 지나갔다 되돌아오고, 환상 같은 짐수레와 마차 들이 길을 다투며, 진짜 도시의 분주함과 소란스러움이 고스란히 존재하는 한 도시의 붐비는 큰길가에 있었다. 가게들을 장식한 모습을 보니 이곳 역시 크리스마스 때라는 것을 한눈에 알 수 있었다. 하지만 이번에는 저녁 무렵이었고, 길거리에는 가로등이 환히 밝혀져 있었다.

유령은 한 커다란 상점의 문 앞에서 발을 멈추고 스크루지에게 이곳을 아느냐고 물었다.

"아냐고요?" 스크루지가 말했다. "제가 견습으로 일을 배운 곳이고말고요."

그들은 안으로 들어갔다. 웨일스 풍의 가발을 쓴 나이 든 신사 한 명이 굉장히 높은 책상 앞에서 일을 보고 있는 모습이 눈에 들어왔다. 어찌나 높았던지 키가 오 센티미터만 더 컸더라면 머리가 천장에 닿았을 것이 분명했다. 스크루지가 몹시 흥분해서 소리쳤다.

"이럴 수가! 펫치윅 영감님이로군요! 하나님이 그분을 축복하시기를! 펫치윅 영감님이 다시 살아오다니!"

펫치윅 영감은 펜을 내려놓더니 시계를 올려다보았다. 시계는 일곱 시를 가리키고 있었다. 그는 손을 비비고 큼지막한 조끼의 매무새를 고치더니 발끝에서 자비심이 넘치는 심장에 이르기까지 몸 전체로 웃음을 터뜨리면서 듣기 편하고 윤기가 흐르는 풍부하고 굵은 목소리로 유쾌하게 불러 젖혔다.

"이봐, 거기! 에벤에저! 딕!"

이제 젊은이가 된 과거의 스크루지가 동료 견습생과 함께 허겁지겁 상점으로 들어왔다.

"딕 윌킨스가 맞아요!" 스크루지가 유령에게 말했다. "오, 맙소사! 저기 딕이 있군요. 저를 굉장히 좋아했었지요. 그래, 딕이야! 가엾은 딕! 불쌍한, 불쌍한 딕!"

"이봐, 이보게들!" 펫치윅 영감이 말했다. "오늘 밤은 이제 그만. 그만 일하게, 크리스마스이브잖나, 딕. 크리스마스이브라고, 에벤에저! 어서 덧문을 닫게. 어서어서. 자, 서둘러서 닫으라고!" 펫치윅 영감이 손뼉을 딱 치며 말했다.

두 젊은이가 얼마나 후닥닥 그 일을 해치웠는지 여러분은 직접 보았어도 믿기 어려웠을 것이다. 하나, 둘, 셋에—무거운 덧문을 들고 거리로 나간 젊은이들은—넷, 다섯, 여섯에—덧문을 제자리에 끼우고—일곱, 여덟, 아홉에—빗장을 지르고 걸쇠를 걸었고 열둘을 채 헤아리기도 전에 경주마처럼 숨을 헐떡거리며 제자리로 돌아왔다.

"이야호!" 펫치윅 영감이 놀라울 만큼 재빠른 동작으로 높은 책상에서 뛰어내리며 외쳤다. "자, 여보게들, 다 치우라고! 치우고 자리를 널찍하게 만들자고. 이야호, 딕! 여보게, 에벤에저!"

죄다 치우라고! 펫치윅 영감이 지켜보고 있는데 치우고 싶지 않은 것도, 치우지 못할 것도 없었다. 젊은이들은 눈 깜짝할 사이에 일을 끝냈다. 움직일 수 있는 것들은 영원히 없애버리기라도 할 것처럼 모조리 급히 치웠다. 바닥을 빗자루로 쓸고 물을 끼얹었으며, 램프의 심지도 다듬었고, 난로에는 석탄을 한가득 쏟아 부었다. 그러자 상점 안은 겨울 밤이면 누구라도 부러워할 만한 아늑하고, 따뜻하고, 보송보송하고, 환한 무도회장이 되었다.

악보를 든 바이올린 연주자가 들어와서 펫치윅 영감의 높은 책상 위에 올라갔고, 책상을 연주석으로 삼아서 위통(胃痛)을 오십 번이나 앓은 것 같은 소리를 내며 선을 조율했다. 펫치윅 부인이 진심에서 우러나오는 미소로 활짝 웃으면서 무도회장으로 들어왔다. 반짝반짝 빛이 나는 것 같은 사랑스러운 펫치윅 영감의 세 딸들이 들어왔다. 세 딸들에게 홀랑 반해서 안달복달하는 여섯 명의 젊은이들이 들어왔다. 상점에 고용된 모든 젊은이와 아가씨 들이 들어왔다. 하녀가 사촌인 제빵사와 함께 들어왔다. 요리사가 자기 오빠의 각별한 친구인 우유 배달부와 함께 들어왔다. 주인에게서 제대로 얻어먹지 못하는 게 아닌가 의심이 드는 길 건너편 상점의 소년도 여주인이 귀를 잡아당긴다고 소문난 옆집 하녀의 뒤에 몸을 숨기려고 쭈뼛거리면서 들어왔다. 모두가 차례차례 무도회장으로 들어왔다. 누구는 수줍어하고, 누구는 뻔뻔스럽고, 누구는 우아하고, 누구는 어색해하고, 누구는 나서길 잘 하고, 누구는 숫기가 없었지만 어찌 되었든, 어떻게 해서든 모두가 안으로 들어왔다. 모두들 춤을 추기 시작했다. 한꺼번에 스무 쌍이나 되는 사람들이 손을 반쯤 돌렸다가 반대쪽으로 다시 돌리고, 중앙으로 내려갔다가 다시 올라오고,

서로에게 호의를 가지고 만들어진 쌍쌍이 돌고 또 돌고, 선두에 선 쌍이 언제나 한 곳에서 회전을 잘 못해 잘못을 범하는 즉시 다음 선두 쌍이 다시 시작을 해서 마침내는 모두가 선두 쌍이 되어 뒤를 받칠 후미 쌍이 하나도 남지 않았다. 이렇게 되자 펫치윅 영감이 손뼉을 딱 쳐서 춤을 멈추게 하고 외쳤다.

"잘했어요!"

바이올린 악사는 열이 올라 벌겋게 달아오른 얼굴을 특별히 그에게 제공된 흑맥주 잔에 거의 처박듯이 하고 맥주를 벌컥벌컥 마셨다. 그렇지만 악사는 쉬려고 하지 않았다. 춤을 다시 시작하고자 하는 사람들이 아직 아무도 없는데도 그는 즉시 다시 연주하기 시작했다. 마치 원래의 바이올린 악사는 기진맥진해져서 한켠에 세워져 있던 덧문에 실려 집으로 가고, 먼젓번 악사와 맞붙어서 거꾸러뜨리기로 작정이라도 한 다른 악사가 새로 나타나기라도 한 것 같았다.

사람들은 계속 춤을 추었고, 벌금 놀이를 하며 즐기다가 또다시 춤을 추었다. 케이크가 대접되었고, 니거스〔따뜻하게 데운 포도주에 더운 물과 설탕, 레몬 등을 넣은 음료—옮긴이〕와 차갑게 식힌 구운 고기와 차갑게 식힌 삶은 고기, 그리고 고기 파이가 나왔다. 맥주도 흘러넘쳤다. 그렇지만 그날 저녁 가장 굉장했던 것은 구운 고기와 삶은 고기가 나온 다음 바이올린 악사(교활한 인간! 여러분이나 나보다 그의 일을 더 잘 아는 사람이라면 악사에게 그렇게 말해줄 수 있었을 것이다!)가 연주하기 시작한 '로저 드 코벌리 경'이었다. 그러자 펫치윅 영감이 펫치윅 부인과 춤을 추기 위해 벌떡 일어났다. 역시 선두의 쌍이었다. 그저 서성거리면서 시시덕거리는 것이 아니라 제대로 춤을 추려는 사람들 스물서너 쌍을 선두에서 이끄는 만만치 않은 일이었다.

그렇지만 두 배, 아니 어쩌면 네 배의 사람들이 있었다고 하더라도 펫치윅 영감에게는 전혀 힘겹지 않았을 것이다. 그것은 펫치윅 부인도 마찬가지였다. 펫치윅 부인은 어떠냐 하면 펫치윅 영감에게 모든 의미에서 완벽한 배우자였다. 이런 정도의 칭찬으로 충분치 않다면 누군가 나에게 더 어울리는 찬사를 가르쳐주기를. 그러면 그 말을 쓰도록 하겠다. 펫치윅 영감의 장딴지에서 눈에 띄는 빛이 쏟아져 나왔다. 춤을 추는 내내 그 빛이 달빛처럼 반짝거렸다. 언제라도 그 빛이 다음 순간에는 어떤 모양으로 비칠지 아무도 짐작할 수 없었다. 그리고 펫치윅 부부가 앞으로 나갔다가 뒤로 물러서고 파트너와 손을 잡은 다음 서로 허리를 굽혀 절을 하고 빙글 돌며 누비듯이 빠져나가 다시 제자리로 돌아가 춤을 전부 끝냈을 때 펫치윅 영감이 '마무리했다.' 어찌나 솜씨 좋게 마무리를 잘했는지 마치 펫치윅 씨의 다리가 윙크하는 것처럼 보였고, 그는 조금도 비틀거리지 않고 다시 두 발로 섰다.

시계가 열한 시를 울리자 이 조그만 무도회도 끝이 났다. 펫치윅 부부는 각자 문 양쪽에 서서 밖으로 나가는 모든 손님들과 일일이 악수를 하고, 즐거운 크리스마스를 보내라고 기원해주었다. 모두가 떠나고 두 명의 견습생만이 남게 되자 펫치윅 부부는 그들에게도 똑같이 인사를 했다. 명랑하고 쾌활한 목소리들이 점점 멀어졌고,

두 젊은이는 가게 뒤편의 계산대 밑에 있는 자신들의 잠자리로 향했다.

그동안 내내 스크루지는 제정신이 아닌 사람처럼 행동했다. 그는 마음과 영혼으로 그 광경에 동참했고, 과거의 자신과 함께 있었다. 그는 모든 것을 확인했고, 모든 것을 떠올렸고, 모든 것을 즐겼으며, 아주 낯선 혼란에 휩싸였다. 과거의 자신과 딕의 밝은 얼굴이 사라지고 나서야 그는 유령의 존재를 떠올렸고, 내내 유령이 머리 위의 빛을 아주 환하게 뿜어내면서 자신을 응시하고 있었다는 것을 알아차렸다.

"이런 어리석은 사람들쯤이야 고마워하는 마음으로 충만하게 만드는 건 쉬운 일이지." 유령이 말했다.

"쉽다고요?" 스크루지가 유령의 말을 되풀이했다.

유령은 두 견습생이 하는 말을 들으라고 신호를 보냈다. 그들은 입에 침이 마르도록 펫치윅 영감을 칭찬하고 있었다. 스크루지가 귀를 기울이자 유령이 다시 말했다.

"왜 그러나? 그렇지 않단 말인가? 펫치윅 영감은 그저 너희들 인간의 돈 몇 파운드를 썼을 뿐이야. 아마 삼사 파운드 정도 되겠지. 겨우 그 정도로 이런 칭찬을 들을 자격이 있다는 말인가?"

"그게 전부가 아니란 말입니다." 그 말에 흥분한 스크루지가 열렬하게 대답했다. 그는 지금 현재의 스크루지가 아니라 과거의 자신처럼 이야기하고 있다는 것을 알아차리지 못하고 있었다.

"그게 전부가 아닙니다, 유령님. 펫치윅 영감님께서는 저희를 행복하게도, 불행하게도 만들 수 있는 힘이 있습니다. 저희 일을 쉽게도, 견딜 수 없게도 만들 수 있지요. 일이 즐거울지, 고생스러울지는 펫치윅 영감님에게 달려 있다고요. 그분의 힘이라는 것이 아주 사소하고 별로 중요하지 않아서 더할 수도, 합계를 낼 수도 없는 말이나 표정일 뿐이라고 칩시다. 그래서 어쨌다고요? 그분이 선사한 행복은 한 재산을 쓴 것만큼이나 대단한 것이라고요."

스크루지는 유령이 빤히 쳐다보는 유령의 시선을 느끼고 입을 다물었다.

"뭐가 문제인가?" 유령이 물었다.

"딱히 아무것도 아닙니다." 스크루지가 말했다.

"뭔가 하고 싶은 말이 있는 것 같은데?" 유령이 고집스럽게 다시 물었다.

"아닙니다." 스크루지가 말했다. "아니요. 그저 제 직원에게 지금 한두 마디 좋은 말을 할 수 있으면 좋겠다는 생각이 들어서요! 그뿐입니다."

그가 소망의 말을 꺼내는 순간 과거의 스크루지가 램프의 불을 껐다. 그러자 스크루지와 유령은 다시 바깥으로 나와 나란히 서게 되었다.

"내 시간이 얼마 남지 않았구나. 서두르자!" 유령이 말했다.

그것은 스크루지나 시야에 들어오는 다른 누구에게 한 말이 아니었지만, 즉각 효과를 발휘했다. 스크루지가 다시 과거의 자신을 만나게 되었기 때문이었다. 그는 이제 더 나이가 들어 인생의 황금기에 있었다. 그의 얼굴은 지금처럼 엄격하고 완고하지는 않았지만 근심과 탐욕의 기미를 띠기 시작하고 있었다. 이미 욕심이 뿌리를 내리고 그 욕심의 나무가 그림자를 드리우게 될 스크루지의 눈동자는 갈망과 탐욕에 차서 끊임없이 움직였다.

스크루지는 혼자가 아니었고, 상복을 입은 아름다운 젊은 여인의 곁에 앉아 있었다. 여인의 눈에 고인 눈물이 과거 크리스마스의 유령에게서 나오는 환한 빛에 반짝거렸다.

"그건 그다지 중요하지 않아요." 그녀가 조용히 말했다. "당신에게는 별로 중요하지 않아요. 다른 우상이 제 자리를 대신하게 되었으니까요. 그리고 과거에 제가 그랬던 것처럼 앞으로 다가올 미래에 그 우상이 당신에게 힘을 주고 위안이 된다면 저로서는 비탄에 빠질 이유가 없어요."

"어떤 우상이 당신의 자리를 대신했다는 거요?" 스크루지가 항변했다.

"황금이라는 우상이지요."

"이것이 세상의 공평함이라는 말인가?" 스크루지가 말했다. "세상에서 가난보다 더 견디기 어려운 것도 없는데, 부를 추구했다고 해서 그렇게 매정하게 비난하다니!"

"당신은 세상을 지나치게 두려워해요." 그녀가 온화하게 대답했다. "당신의 다른 소망들은 야비한 비난을 받을지도 모를 가능성에 녹아들어버렸어요. 저는 당신의 고귀했던 포부들이 하나씩 꺾여 마침내 돈이 당신을 독점하게 되는 것을 지켜봤어요. 제가 틀렸나요?"

"그래서 어떻다는 거지?" 그가 반박했다. "내가 그렇게 세상 물정을 알게 되었다고 한들 그게 어쨌다는 거요? 당신을 향한 내 마음은 변하지 않았는데 말이오."

그녀가 고개를 저었다.

"내가 변했다는 거요?"

"우리가 약혼을 했던 것은 오래전이에요. 그때는 우리 둘 다 가난했고, 그것으로 만족하고 있었어요. 재산은 좋은 시절이 올 때까지 근면하게 일을 해서 불려나가면 되었으니까요. 당신은 변했어요. 우리가 약혼을 했을 때의 당신은 다른 사람이었어요."

"그때 나는 어렸을 뿐이오." 스크루지가 조바심을 내며 말했다.

"당신의 마음이 지금의 당신은 예전의 그 사람이 아니라고 말하지 않나요?" 그녀가 대답했다. "저는 그대로예요. 우리가 마음으로 하나였던 때에 행복을 약속했던 그것이 이제 다시 둘로 갈라진 이상 너무나 괴로워요. 이 문제를 얼마나 자주, 얼마나 골똘히 생각에 생각을 거듭했는지는 당신에게 말하지 않을래요. 제가 고민을 했던 것만으로도, 그리고 이제 당신을 풀어드릴 수 있는 것만으로도 충분하니까요."

"내가 풀려나려고 한 적이 있소?"

"말로는 아니지요. 아니요, 없었어요."

"그렇다면 도대체 뭘로 그랬다는 거요?"

"바뀐 성격으로요. 일변한 영혼으로, 삶에 대해 달라진 분위기로요. 그 대단한 목표처럼 전혀 달라진 꿈으로요. 예전의 당신에게 내 사랑이 중요하고 가치 있어 보이게 했던 모든 것들로요. 만약에 우리가 약혼을 하지 않았더라면," 여인은 부드럽지만 확고한 시선으로 스크루지를 응시하면서 물었다. "말해보세요. 우리가 약혼을 하지 않았더라면 지금의 저에게 구혼을 하고 제 마음을 얻으려고 애쓰겠어요? 아뇨, 그렇지 않아요!"

스크루지는 저도 모르게 여인의 조리에 맞는 추측에 수긍하는 것처럼 보였다. 그렇지만 그는 발버둥쳤다. "당신은 내가 그러지 않을 거라고 생각하는군."

"다르게 생각할 수만 있다면 얼마나 좋을까요." 그녀가 대답했다. "하나님만이 아실 거예요. 이런 진실을 깨달았을 때는 그것이 얼마나 강력하고 저항할 수 없는 유혹이었는지 몰라요. 그렇지만 만일 당신이 오늘, 내일, 어제 자유롭다면 유산 한 푼 받지 못할 여자를 고를 거라고 상상이라도 할 수 있을까요? 그녀에 대해서 대단한 확신을 가졌지만 당신은 모든 것의 가치를 돈으로 재지요. 아니면 잠시라도 스스로의 인생관을 속이고 그녀를 고르게 된다면 당신이 곧 후회하고 아깝게 생각하게 될 것이라는 사실을 제가 모를까요? 알아요. 사실은 알고 있어요. 그래서 당신을 풀어드리는 거예요. 진심으로, 한때 제가 사랑했던 예전의 당신에 대한 마음을 담아서요."

스크루지가 입을 열려고 했지만 여인은 고개를 돌려 그를 외면한 채 말을 계속 이었다.

"이 이별로 당신도 고통스러울지 모르겠어요. 과거의 추억을 떠올려보면 당신도 그러길 바라는 마음이 반쯤은 있어요. 눈 깜짝할 사이에 당신은 그 추억을 차라리 꿈에서 깬 게 훨씬 잘된, 이익이 남지 않는 몽상으로 치부하고 다 잊어버리겠지요. 당신이 선택한 삶으로 부디 행복하게 사시길 빌어요!"

그녀는 스크루지를 떠났다. 그리고 그들은 헤어졌다.

"유령님!" 스크루지가 애원했다. "제발 더 이상 보여주지 마십시오! 저를 집으로 데려다 주세요. 어째서 저를 고문하면서 즐거워하시는 겁니까?"

"보아야 할 환영이 하나 더 있다!" 유령이 고함쳤다.

"더 이상은 안 됩니다!" 스크루지가 외쳤다. "더 이상은 안 돼요. 보고 싶지 않단 말입니다. 더 이상 보여주지 마세요!"

그러나 가차 없는 유령은 스크루지의 양팔을 꽉 붙들고 억지로 다음에 벌어질 장면을 지켜보게 했다.

유령과 스크루지는 다른 장소, 다른 광경에 와 있었다. 아주 넓거나 화려하지는 않았지만 굉장히 안락한 방 안이었다. 벽난로 근처에는 아름다운 젊은 여인이 앉아 있었는데, 아까의 모습과 어찌나 닮았던지 스크루지는 이제는 말끔한 기혼 부인이 된 그녀의 맞은편에 그녀의 딸이 앉아 있는 것을 볼 때까지 같은 모습이라고 믿을 뻔했다. 방 안에는 스크루지가 동요된 마음으로 헤아릴 수 있는 이상으로 다른 아이들이 더 있었기 때문에 굉장히 소란스러웠다. 그리고 시 구절에 나오는 유명한 양떼와는 달리 아이들은 한 명처럼 구는 사십 명이 아니라 하나하나가 사십 명은 되는 아이들처럼 소란을 피우고 있었다. 그 결과로 방은 믿을 수 없을 정도로 떠들썩했지만, 아무도 신경 쓰지 않는 것처럼 보였다. 오히려 어머니와 딸은 배꼽을 잡고 웃으면서 아이들의 장난을 몹시 즐기고 있었다. 곧 딸이 아이들과 어울려 장난을 치기 시작했지만 어린 약탈자들에게 인정사정없이 약탈당하고 말았다. 저기에 낄 수만 있다면 무엇이 아깝겠는가! 물론 저렇게 무례하게 굴지는 못했겠지만. 아니, 절대로 안 되지! 온 세상의 부를 다 준다고 해도 저 많은 머리를 짜부라뜨리고 갈가리 잡아채지는 않을 것이다. 그리고 저 귀엽고 조그만 구두라니, 나라면 절대로 그것을 저렇게 잡아채지 않을 텐데. 하나님, 제 영혼을 축복하셔서 저를 구원하소서! 뻔뻔스러운 아이들이 장난을 치면서 하듯이 저 소녀의 허리를 잡는 것도 나라면 절대 할 수 없었을 텐데. 그랬다가는 팔이 굽어서 다시는 곧게 펴지지 않는 벌을 받았을지도 몰라. 그렇지만 아이의 입술을 한 번이라도 직접 만져볼 수 있다면 얼마나 좋을까. 아이에게 질문을 던져 아이가 대답을 하기 위해 입술을 벌린다면. 얼굴을 붉히지 않고 아래로 내리깐 눈의 속눈썹을 내려다볼 수 있다면. 단 몇 센티미터라도 가치를 매길 수 없는 기념품이 될 아이의 고수머리를 풀어헤쳐볼 수 있다면. 진심으로 고백하지만, 내가 아이라는 가장 환한 권리를 누릴 수 있고, 그 가치를 충분히 아는 사람이었더라면 얼마나 좋았을까.

그때 문을 두드리는 소리가 들렸고, 즉시 아이들은 줄줄이 문으로 돌진했다. 얼굴이 발갛게 달아오른 명랑한 아이들 무리의 중앙에서 망가진 드레스를 입은 채 활짝 웃던 소녀도 크리스마스 장난감과 선물을 가득 짊어진 남자를 데리고 귀가한 아버지를 간신히 때맞춰 환영할 수 있었다. 왁자지껄한 고함 소리와 발버둥질 치는 몸부림들이 뒤를 이었고, 이번의 맹공격 대상은 무방비 상태로 서 있었던 짐꾼이었다! 의자를 사다리 삼아 짐꾼의 몸에 기어오른 아이들은 주머니를 뒤지고, 그가 들고 있던 갈색 종이 꾸러미들을 망가뜨리고, 넥타이를 세게 움켜쥐고, 목을 껴안고, 등을 주먹으로 연달아 때리는가 하면, 억누를 수 없을 정도로 흥분해서 다리를 발로 차기까지 했다! 선물 꾸러미를 하나씩 받을 때마다 경탄과 기쁨이 담긴 고함이 터져 나왔다! 아기가 입에 집어넣으려던 인형의 프라이팬을 간신히 빼앗았지만 나무 접시에 붙어 있던 가짜 칠면조는 벌써 삼켜버린 것 같다는 끔찍한 이야기가 나왔다! 아니라는 것을 알았을 때는 얼마나 안도했는지! 그 기쁨과 감사와 환희라니! 모두가 말로 형언할 수 없을 정도였다. 충분히 놀고 즐거워한 아이들과 그 감동은 아이들이 거실을 떠나 한꺼번에 위층으로 올라가 잠자리에 들어서야 잠잠해지고, 곧 집 안이 고요해졌다.

그리고 이제 스크루지는 집주인이 딸과 아내와 함께 난롯가에 앉아 딸이 다정하게 몸을 기대게 하는 것을 더욱 유심히 응시했다. 그렇게 태도가 예쁘고 앞날이 창창한 아이가 자신을 아버지라고 부를 수도 있었던 것을, 까칠한 겨울날 같은 그의 인생에 봄날이 되어줄 수도 있었던 것을 떠올리자 그는 정말로 눈시울에 눈물이 맺혔다.

"벨." 남편이 미소 띤 얼굴을 아내에게 돌리며 말했다. "오늘 오

후에 당신의 옛 친구를 보았다오."

"그게 누구인데요?"

"맞춰봐요!"

"그걸 어떻게 알아요? 앗, 알 것 같아요." 그녀가 잇따라 말하며 웃고 있는 남편을 따라 웃었다. "스크루지 씨지요?"

"맞아요, 스크루지 씨였어. 스크루지 씨의 사무실 창문 곁을 지나가게 되었는데, 창문이 닫혀 있지 않은데다 안에 촛불을 켜두어서 일하는 모습을 보지 않을 수가 없었지. 스크루지 씨의 동업자가 죽어간다는 소문이 들리더군. 그래서인지 사무실에 혼자 앉아서 일을 하고 있던걸. 정말 세상에 혼자 남은 것 같았어."

"유령님!" 스크루지가 띄엄띄엄 더듬거리는 목소리로 말했다. "제발 저를 이곳에서 벗어나게 해주십시오."

"이 모든 것들이 과거에 있었던 일의 영상이라고 내가 말하지 않았느냐!" 유령이 말했다. "전부 있었던 그대로일 뿐이다. 나를 비난하지 말거라!"

"저를 옮겨달란 말입니다!" 스크루지가 외쳤다. "더 이상은 견딜 수가 없어요!"

유령 쪽으로 몸을 돌린 스크루지는 그를 관찰하고 있는 유령의 얼굴에 이상하게도 유령이 보여준 모든 얼굴들의 조각조각이 유령과 씨름하며 그를 관찰하고 있는 것을 보았다.

"날 그냥 내버려둬! 되돌려놓으란 말이야. 더 이상 나를 홀리지 말라고!"

유령 쪽에서는 눈에 보이는 저항을 하지 않으면서도 상대의 어떤 공격이든 막아냈기 때문에 과연 그것을 몸싸움이라고 부를 수 있을지는 모르겠지만, 어쨌든 한창 몸싸움을 벌이던 스크루지는 유령의 빛이 고귀하고 환하게 빛나는 것을 보았다. 그리고 어렴풋하게나마 그 빛과 유령이 자신에게 미치는 영향을 연결시킨 스크루지는 소등 모자를 꽉 움켜쥐어 갑작스러운 동작으로 유령의 머리 위에 덮어씌웠다.

유령은 모자에 속박되어 형체 전체가 소등 모자에 덮여버렸다. 그러나 모자 아래로 흘러나와 끊이지 않는 흐름으로 바닥에 퍼지는 빛은 스크루지가 젖 먹던 힘까지 다해서 모자를 눌렀는데도 가릴 수 없었다.

스크루지는 기진맥진해지는 것을 느꼈고, 저항할 수 없을 정도로 쏟아지는 졸음에 굴복했다. 게다가 그는 다시 자신의 침실로 돌아와 있었다. 스크루지는 모자를 꽉 쥐어짜서 부서뜨리려고 했지만 손에서 힘이 빠져나갔고, 간신히 비틀거리며 침대로 가 깊은 잠에 빠져들었다.

두 번째 유령

놀랄 정도로 심하게 코를 골던 와중에 퍼뜩 잠이 깨어 생각을 정리하기 위해 일어나 침대에 앉은 스크루지는 아무도 일러주지 않아도 종이 곧 한 시를 울릴 것이라는 사실을 알고 있었다. 스크루지는 제이콥 말리의 개입을 통해 그에게 보내질 두 번째 유령과의 대면이라는 특별한 용건에 맞춰 마침 딱 좋은 때에 의식을 되찾았다고 생각했다. 그렇지만 이 새 유령은 과연 침대의 어느 쪽 커튼을 열 것인지 불안한 생각에 불편한 한기가 들며 등골이 오싹해진 스크루지는 커튼을 자기 손으로 젖혀두었다. 그리고 다시 자리에 누워 침대 주변 사방을 날카롭게 경계했다. 유령이 나타나는 순간 당당하게 도전하고 싶지, 깜짝 놀라서 두려워하고 싶지 않았기 때문이었다.

한두 가지 동작을 알고 있다고 으스대는, 제멋대로에다 단정치 못한 종류의 신사들은 자신들의 광범위한 모험적 재능을 말로 떠들어대기 위해 동전 던지기부터 사람을 죽이는 일에 이르기까지 어떤 것이든 잘할 수 있다고 자랑한다. 그러나 동전 던지기와 사람을 죽인다는 정반대의 이 양극단 사이에는 의심할 나위 없이 매우 다양하고 포괄적인 범위의 문제들이 존재한다. 나는 이렇게 대담한 모험 없이도 스크루지가 상당히 넓은 범위의 괴상야릇한 외양에 대처할 준비가 되어 있었고, 갓난아기와 코뿔소 사이에 존재하는 그 어떤 것도 그를 대경실색하게 만들 수는 없었을 것이라는 점을 믿어 달라고 여러분에게 삼가 요청하는 바이다.

이제 거의 어떤 것이든 대면할 마음의 준비를 한 스크루지이지만 정작 아무것도 나타나지 않을 경우에는 준비가 되어 있지 않았다. 그리고 마침내 종이 한 시를 울리고 아무 형체도 나타나지 않았을 때 그는 발작적인 격렬한 떨림에 사로잡혔다. 오 분, 십 분, 십오 분이 흘렀지만, 아무것도 나타나지 않았다. 그동안 내내 스크루지는 시계가 한 시를 알렸을 때 비치기 시작한 불그스름한 빛의 광휘 한가운데에 놓인 자신의 침대 위에 누워 있었다. 빛 한 줄기에 불과했지만 그것이 무슨 뜻인지, 무엇을 노리는지 전혀 알 길이 없었기 때문에 유령 열둘이 한꺼번에 나타난 것보다 더욱 무서웠다. 때때로 바로 이 순간 알아차리지도 못하는 사이, 자신의 몸에 자연발생적인 힘으로 불이 붙는 것이 아닐까 근심스러워지기도 했다. 그러나 마침내 그는 여러분이나 나라면 처음에 생각했을 법한 의문을 그제서야 갖기 시작했다. 무엇을 어떻게 해야 할지 알고 그것을 확실하게 해치우는 것은 언제나 곤경에 빠지지 않은 사람인 법이니까. 글쎄, 마침내 그는 무시무시해서 겁이 나는 이 빛의 근본과 비밀이 연결된 방에 있을지도 모르겠다는 생각이 들기 시작했다. 그 생각에 마음을 온통 사로잡힌 스크루지가 거기에서부터 계속 자취를 더듬자 빛줄기가 더욱 빛을 내는 것처럼 보였다. 스크루지는 조용히 자리에서 일어나 슬리퍼를 신은 발을 끌며 문으로 향했다.

스크루지의 손이 자물쇠에 닿자마자 낯선 목소리가 스크루지의 이름을 부르며 안으로 들어오라고 했다. 그는 그 말을 따랐다.

분명히 스크루지 자신의 방이었다. 그 사실에는 의문을 품을 여지가 없었다. 그렇지만 방은 놀라울 정도로 바뀌어 있었다. 벽과 천장에는 구석구석에 밝게 반짝이는 딸기류 열매들과 빛을 반사하는 생생한 녹색 식물들이 주렁주렁 매달려 있어서 진짜 숲처럼 보였다. 호랑가시나무와 겨우살이나무와 담쟁이덩굴의 싱싱한 잎들이 빛을 반사하고 있어서 마치 방 안 여기저기에 수많은 조그만 거울들을 늘어놓은 것 같았다. 벽난로에서는 매우 강력한 불꽃이 굴뚝에서 으르렁거리며 노호하고 있었고, 그것은 스크루지가 살던 때나 말리가 살던 때, 혹은 지나간 많고 많은 겨울철에도 결코 본 적이 없었을 정도였다. 마룻바닥에 쌓아올려져 일종의 왕좌처럼 보이는 것은 칠면조와 거위, 집오리, 닭, 돼지족발, 커다란 고깃덩어리, 새끼돼지 요리, 둘둘 말린 긴 소시지 더미, 고기 파이, 자두 푸딩, 굴이 담긴 큰 통, 군밤, 새빨간 사과, 즙이 풍부한 오렌지, 향기가 좋은 배, 굉장히 큰 주현절[주현절인 1월 6일은 원래 12월 25일과 함께 이집트와 로마에서 동지를 기념하는 날이었지만 그리스도교가 로마의 국교가 된 후 12월 25일은 성탄절로, 1월 6일은 주현절로 발전하게 되었다. 동방 교회에서는 예수가 세례 받은 것을 기념하고, 서방 교회에서는 동방박사들이 예수를 찾아온 것을 기념하는 축일이다 — 옮긴이] 전야제 케이크, 펄펄 끓는 편치가 담긴 사발들이었고, 그런 음식들에서 나오는 향기로운 김으로 방이 뿌예졌다. 의자에는 유쾌해 보이는 거인이 편안한 자세로 앉아 있었는데 보기만 해도 놀라운 광경이었다. 풍요의 뿔과 비슷하게 생긴 빨갛게 타오르는 횃불을 들고 있던 거인은 그것을 점점 더 높이 쳐들어서 문가에서 슬쩍 둘러보는 스크루지를 비췄다.

"들어오너라!" 유령이 외쳤다. "안으로 들어와서 더 잘 알아보라고!"

스크루지는 주뼛거리며 안으로 들어가 유령 앞에 머리를 수그렸다. 그는 이제 예전의 완고한 스크루지가 아니었다. 그리고 유령의 눈이 맑고 친절해 보이긴 했지만 그는 유령과 시선을 마주치고 싶지 않았다.

"나는 현재 크리스마스의 유령이라네. 나를 자세히 보게." 유령이 말했다.

스크루지는 경건한 태도로 유령의 말을 따랐다. 유령은 가장자리를 흰색 모피로 장식한 진한 녹색의 간단한 옷을 한 장 걸치고 있었다. 이 옷이 어찌나 헐렁했던지 유령의 넓은 가슴이 훤히 드러났다. 어떤 기술로든 맨살을 가리거나 숨길 가치가 없다고 생각하기라도 하는 것처럼 보였다. 풍성하게 주름이 잡힌 옷자락 아래로 보이는 유령의 발 역시 맨발이었다. 머리 위에는 여기저기에 달린 고드름으로 반짝거리는 호랑가시나무로 만든 화관을 썼을 뿐이었다. 유령의 짙은 밤색 곱슬머리는 길고 자유롭게 풀어헤쳐져 있었다—그

싹싹한 얼굴과 반짝이는 눈과 벌린 손과 활기찬 목소리와 거리낌 없는 태도와 유쾌한 분위기처럼 자유로웠다. 허리에는 고대 양식인 칼집을 차고 있었지만, 칼은 들어 있지 않았고 오래된 칼집은 녹이 슬어 있었다.

"나 같은 유령은 한 번도 본 적이 없겠지!" 유령이 외쳤다.

"한 번도요." 스크루지가 대답했다.

"우리 가족 중에서 젊은 유령들이 나온 적이 없었나? 내 말은 최근에 나타났던 우리 형님들(왜냐하면 나도 아주 젊으니까) 말이야." 유령이 물었다.

"만나 뵌 분이 없는 것 같은데요." 스크루지가 말했다. "그런 적은 없는 것 같습니다. 유령님은 형제분들이 많으신가요?"

"천팔백 명은 넘지." 유령이 말했다.

"먹여 살리려면 무지막지하겠군요!" 스크루지가 중얼거렸다.

현재 크리스마스의 유령이 자리에서 일어났다.

"유령님." 스크루지가 고분고분하게 말했다. "어디든 원하시는 곳으로 인도해주십시오. 지난밤에는 강요에 못 이겨 끌려 다녔지만, 교훈을 얻었고 그것이 지금 효과를 발휘하고 있지요. 오늘 밤에도 저에게 뭔가를 가르쳐주셔야 한다면 제가 거기서 얻는 바가 있도록 해주십시오."

"내 옷을 잡아라!"

스크루지는 들은 대로 재빨리 유령의 옷자락을 잡았다.

호랑가시나무, 겨우살이나무, 빨간 열매들, 담쟁이덩굴, 칠면조,

거위, 물오리, 닭, 고기, 족발, 돼지, 소시지, 굴, 파이, 푸딩, 과일, 펀치 전부가 순식간에 사라져버렸다. 방과 난롯불, 불그스름한 빛, 밤 시간도 마찬가지였다. 이제 그들은 사람들이 각자의 집 앞 보도에 쌓인 눈과 지붕 위에 쌓인 눈을 치우느라 거칠지만 무뚝뚝하지 않고, 불쾌하지 않은 소음을 만들어내는 크리스마스 아침의 런던 길거리에 서 있었다. 소년들은 눈이 아랫길로 털썩 떨어져 조그만 가짜 눈보라를 일으키는 것을 지켜보면서 열광하며 즐거워했다.

지붕 위에 하얗고 반들반들하게 쌓인 눈과 그보다는 조금 지저분하게 땅을 덮은 눈 때문에 집들의 정면은 꽤 어두워 보였고, 창문들은 더욱 지저분해 보였다. 땅 위에 마지막으로 덮여 있던 눈에는 짐수레와 마차의 무거운 바퀴들이 굴러가면서 남긴 깊은 바퀴 자국으로 이랑이 생겼다. 큰길이 갈라지는 곳에는 수백 번이나 가로지르고 또 가로지른 바퀴 자국이, 누렇고 탁한 진창에 살얼음이 얼어 알아보기도 힘든 얽히고설킨 복잡한 물길이 되어버렸다. 하늘은 음침하게 어두웠고, 가장 짧은 길조차 반쯤 얼어 있는 거무죽죽한 안개가 꽉 메우고 있었다. 영국의 모든 굴뚝들이 한꺼번에 불을 지펴 그 정수에 간직하고 있던 소중한 알갱이들을 퍼뜨리고 있기라도 한 것처럼 시커먼 안개의 무거운 입자들이 거무스름한 티끌의 비로 내렸다. 날씨나 도시나 그다지 유쾌할 것이 없었지만 길거리에는 아무리 날씨 좋은 여름의 공기나 환한 햇살을 비치는 여름날의 태양조차도 미치기 어려울 쾌활하고 명랑한 분위기가 흘렀다.

지붕에서 눈을 떨기 위해 가래질을 하고 있는 사람들도 즐겁고 기쁨에 차서 지붕 난간에서 서로를 부르기도 하고 가끔 장난스럽게—말로 하는 농담보다 훨씬 선의에 찬 무기일 경우가 많은—눈 뭉치로 눈싸움을 벌이기도 했다. 눈 뭉치가 정확하게 상대를 맞혀도 큰 소리로 웃음을 터뜨렸고, 맞히지 못해도 마찬가지로 진심에서 우러나오는 웃음을 터뜨렸다. 닭고기와 칠면조를 파는 가게는 여전히 반쯤 열려 있었으며, 과일 가게는 눈부시게 반짝거리고 있었다. 과일 가게에는 유쾌한 노신사의 조끼처럼 생긴 커다랗고 둥글고 불룩한 바구니에 밤이 너무 많이 담겨 있어서 이따금씩 문가로 떨어졌다가 길거리로 통통 굴러갔다. 스페인 수도사처럼 잘 자라서 반짝거리는 불그스름한 갈색 빛을 띤 커다란 스페인 양파도 있었다. 그리고 선반에 매달려 지나가는 아가씨들에게 자유분방하고 음흉하게 윙크를 해대는 겨우살이나무도 있었다. 배와 사과는 아름다운 피라미드 모양으로 높이 쌓여 있었고, 포도송이들은 지나가는 행인들이 군침이라도 공짜로 삼키라는 가게 주인의 선심인 듯 눈에 띄는 화려한 고리에 주렁주렁 걸려 있었다. 이끼가 낀 갈색 개암나무 열매 더미에서 풍기는 향은 옛날에 숲에서 발목까지 쌓인 낙엽 사이로 유쾌하게 발길 닿는 대로 걸었던 산책을 떠올리게 했다. 노란 빛깔의 오렌지와 레몬 사이에 즙이 풍부한 과실을 아주 빽빽하게 쌓은 땅딸막하고 검붉은 요리용 노퍽 사과는 종이봉투에 담아 집으로 데려가서 저녁 식사 후에 먹어달라고 끈덕지게 부탁하는 것 같았다. 이 풍부한 과일들 앞에 놓인 어항 안에 든 금색과 은색의 붕어도 평소에는 둔하고 활기 없는 족속이긴 했지만, 느리고 지루하게나마 흥분해서 자기들의 조그만 세상을 뱅글뱅글 맴돌며 헐떡거리는 것을 보면 오늘이 특별한 날이라는 것을 알고 있는 것 같았다.

식료품을 파는 잡화상! 아, 식료품 잡화상의 그 멋진 모습이라니! 식료품 가게는 거의 문을 닫으려는 중이었다. 덧문이 한두 개 정도 닫혀 있긴 했지만 그 틈새로 들여다본 그 멋진 광경이라니! 계산대에 저울을 내려놓을 때마다 나는 유쾌한 소리에다 포장용 노끈이 롤러에서 기분 좋게 풀리는 소리와 저글링을 하는 것처럼 왈칵달칵 소리를 내며 위아래로 오르내리는 깡통, 혹은 코끝에 와 닿는 차와 커피가 뒤섞인 아주 기분 좋은 냄새, 혹은 풍부하게 쌓여 있는 최고급 건포도와 하얗디하얀 아몬드, 길고 쭉 뻗은 계피, 아주 향이 좋은 다른 향신료들, 녹인 설탕으로 장식을 해서 아무리 시큰둥한 구경꾼이라도 정신이 혼미해지고 곧 신경질이 나게 만들 만한 설탕에 절여 굳힌 과일 때문만이 아니었다. 촉촉하고 연한 무화과나 예쁘게 장식된 상자에 담겨 볼을 붉히고 있는 적당히 새콤한 프랑스 자두, 혹은 크리스마스 장식을 한 먹음직스러워 보이는 모든 음식 때문만도 아니었다. 손님들도 모두 서두르고 크리스마스의 희망찬 기대에 부풀어서 문에서 서로 부딪혀 넘어지기도 하고, 손에 손에 들고 있던 고리버들 세공의 바구니들이 거칠게 부딪히기도 하고, 지갑을 계산대에 두고 갔다가 찾으러 달려오기도 하는 등 너무 들떠서 비슷한 실수들을 수백 번이나 저질렀다. 식료품 가게 주인과 점원들이 앞치마를 고정시키려고 뒤에 꽂은 반짝거리는 하트 모양의 핀은 얼마나 솔직하고 산뜻했던지 누구든 볼 수 있도록, 그리고 크리스마스를 맞은 갈가마귀들이 원한다면 쪼아 먹을 수 있도록 그들의 진짜 심장을 밖으로 꺼내 달아놓은 것 같았다.

곧 교회의 첨탑들이 모든 선량한 사람들을 교회로, 예배당으로 불러 모았고, 거리에는 가장 좋은 옷들을 차려입고 가장 밝은 미소를 지은 사람들이 떼 지어 몰려들었다. 그리고 그와 동시에 많은 뒷골목과 좁은 길과 이름 없는 모퉁이들마다 점심 식사로 먹을 요리들을 들고 빵집으로 향하는 사람들이 셀 수 없이 많이 쏟아져 나왔다. 이 가난한 연회를 준비하는 사람들의 모습이 유령의 관심을 대단히 끄는 것 같았다. 스크루지를 옆에 세운 유령이 빵집 문 앞에 서서 그릇을 든 사람들이 지나갈 때마다 뚜껑을 열어 들고 있던 횃불로 음식에 향료를 뿌려주었다. 그것은 굉장히 특별한 종류의 횃불이었다. 음식을 가지고 온 사람들이 서로 밀치다가 성난 말이 오간 적이 한두 번 있었는데, 유령이 횃불에서 샘솟는 물을 몇 방울 그들 위에 뿌리자 곧바로 유쾌한 기분을 되찾은 것을 보면 말이다. 그들은 크리스마스에 말다툼을 한다는 것은 부끄러운 일이라고 말했다. 바로 그렇지! 하나님은 그것을 좋아하시지. 바로 맞는 말이야!

종소리가 멈추자 빵집 문이 닫혔다. 그렇지만 모든 가난한 사람들이 먹을 음식들은 정다운 그림자를 앞으로 드리우고 있었고 모든 빵집의 오븐 위로 서린 따뜻하고 촉촉한 수분으로 요리가 되어가는 동안 바닥에 깔아둔 돌도 요리가 되고 있는 것처럼 김을 모락모락

내뿜었다.

"유령님의 횃불에서 뿜어져 나오는 것에 무언가 특별한 조미료라도 들어 있습니까?" 스크루지가 물었다.

"그렇고말고. 나만의 조미료라네."

"오늘 같은 날에는 어떤 음식에든 효력을 발휘하나요?" 스크루지가 계속 질문했다.

"정성껏 만든 음식이라면 어떤 것에든. 하지만 효력이 가장 좋은 것은 가난한 사람들의 음식이지."

"어째서 가난한 사람들의 음식에 가장 효력이 좋은지요?" 스크루지가 물었다.

"왜냐하면 가난한 사람들의 음식에 가장 필요한 것이니까."

"유령님." 잠시 생각에 잠겼던 스크루지가 말을 꺼냈다. "저는 저희를 둘러싼 많은 세상의 모든 존재들 중에서도 이런 사람들이 순수하게 즐거워할 기회를 유령님이 속박하고자 하시는 것은 아닌지 근심스럽습니다."

"내가?" 유령이 외쳤다.

"유령님은 그 사람들이 이레마다 한 번씩 식사를 즐길 수단을 빼앗았지요. 일주일 중에 오직 하루 그날만 식사다운 식사를 할 수 있는 사람들도 흔한데 말씀입니다." 스크루지가 말했다. "그렇지 않았나요?"

"내가 그랬다고?" 유령이 외쳤다.

"일곱 번째 날마다 이런 곳들이 문을 닫게 하려고 하시지 않습니까?" 스크루지가 말했다. "그게 그 말이지요."

"내가 그렇게 하려고 한다고?" 유령이 소리쳤다.

"제가 잘못 알았다면 용서해주십시오. 하지만 일요일마다 문을 닫는 것은 유령님의 이름으로, 아니면 적어도 유령님의 가족 가운데 한 분의 이름으로 지켜져 왔습니다." 스크루지가 말했다.

"너희들 인간들이 사는 이 세상 위에는 우리를 안다고 주장하면서도 자기들의 욕망과 자만과 악의와 증오와 시기심과 편견과 이기심에서 나온 행동들을 우리의 이름으로 행하는 자들이 있지. 하지만 우리와 우리 친척들에게는 그들이 살았는지조차 모를 정도로 낯선 존재야. 기억해두었다가 그들이 한 짓에 대해서는 그들을 비난하도록 해라. 우리가 아니라."

스크루지는 그렇게 하겠다고 약속했다. 그리고 지금까지와 마찬가지로 그들은 보이지 않는 모습으로 계속 길을 떠나 도시의 교외에 도착했다. (스크루지가 이미 빵집에서도 목격했지만) 유령에게 놀라운 점은 그 엄청난 거인의 몸집에도 불구하고 어떤 장소에든 쉽사리 들어갈 수 있다는 것이었다. 이제 유령은 초자연적인 존재답게 천장이 매우 높은 홀에서나 가능할 법한 우아한 자세로 낮은 지붕 아래에 서 있었다.

그 힘을 보여주는 것이 이 선량한 영혼의 기쁨이어서인지, 그렇지 않으면 관대하고 따뜻한 성격과 모든 가난한 사람들에 대한 동정심이 본성이었던 것인지 유령은 곧바로 스크루지를 그의 사무원의 집으로 인도했다. 그리고 유령은 자신의 옷자락을 잡고 있는 스크루지를 이끌며 그 집 문지방 위에서 미소를 지으며 들고 있던 횃불에서 샘솟는 물방울로 밥 크랫칫의 집을 축복했다. 생각해보라! 밥은 일주일에 겨우 십오 밥〔영국 화폐 단위인 실링의 별칭—옮긴이〕을 벌었다. 매주 토요일마다 제 주머니에 자기 세례명과 이름이 같은 동전을 고작 열다섯 개밖에 넣지 못했다. 그렇지만 현재 크리스마스의 유령은 방 네 개짜리 밥의 집을 축복했다!

그러자 두 번이나 안팎을 뒤집어가며 입긴 했지만 육 펜스짜리 싸구려치고는 어지간해 보이는 리본으로 장식한 낡은 드레스를 초라하게 차려입은 밥 크랫칫의 아내 크랫칫 부인이 자리에서 일어섰다. 그녀가 역시 리본으로 장식한 둘째 딸 벨린다 크랫칫의 도움을 받아 식탁보를 까는 동안 피터 크랫칫 도령은 작은 냄비에 담은 감자가 익었는지 포크로 찔러보았다. 터무니없이 높은 셔츠 칼라(셔츠는 원래 밥의 것이었지만 크리스마스를 축하하기 위해 상속자에게 물려준 것이었다)의 가장자리가 자꾸만 입으로 들어가려 했지만 그는 당당하게 성장한 자신의 모습이 기뻐 어쩔 줄 몰라 어서 광장으로 나가 옷을 자랑하고 싶어 견딜 수 없을 정도였다. 그리고 동생인 꼬맹이 크랫칫 남매가 마구 뛰어 들어왔다. 바깥 빵집에서 거위 익는 냄새를 맡은 아이들은 비명을 지르며 즐거워했다. 그것이 자기들 집의 거위라는 것을 알고, 세이지와 양파를 먹을 기분 좋은 생각에 빠진 이 꼬맹이 크랫칫 남매는 식탁 둘레를 돌며 춤을 추었다. 그러면서 남매는 잘 익지 않는 감자가 끓어올라 냄비 뚜껑을 시끄럽게 두들겨대면서 감자를 꺼내 껍질을 벗겨달라고 아우성을 칠 때까지 불을 후후 부는 피터 크랫칫 도령을 마구 치켜세웠다 (셔츠 칼라에 거의 질식할 지경이긴 했지만 피터 크랫칫은 그래도 뽐내지 않았다).

"도대체 너희들 아버지는 왜 이렇게 늦으신다니?" 크랫칫 부인이 말했다. "그리고 너희 동생인 꼬마 팀도. 마사도 작년 크리스마스 날에는 삼십 분 전에 벌써 와 있었는데!"

"마사가 왔어요, 어머니!" 한 소녀가 모습을 드러내며 말했다.

"마사 언니가 왔어요, 어머니!" 꼬맹이 크랫칫 남매가 외쳤다. "우와! 마사 누나, 얼마나 굉장한 거위가 있는 줄 알아?"

"오, 내 소중한 딸, 마사, 왜 이렇게 늦은 거니?" 크랫칫 부인은 마사 크랫칫에게 열 번도 넘게 입맞춤을 했고, 다정하고 부산스럽게 마사에게서 숄과 모자를 벗겼다.

"지난밤에 끝내야 할 일이 정말 많았거든요." 소녀가 대답했다. "그래서 정리를 오늘 아침에 해야 했어요, 어머니!"

"그래, 됐다! 어찌 되었든 네가 이렇게 왔으니 신경 쓰지 말거라." 크랫칫 부인이 말했다. "불가에 앉아라, 애야. 몸을 좀 녹여야지. 하나님이 너를 축복하실 거야!"

"안 돼요! 안 돼! 저기 아버지가 오신단 말이야." 동에 번쩍 서에 번쩍하는 꼬맹이 두 남매가 외쳤다. "숨어, 마사 누나! 얼른 숨으라고!"

마사가 몸을 숨기자마자 몸집이 작은 가장(家長) 밥이 집으로 들어섰다. 목에 두른 목도리는 끝에 달린 술 장식을 제외하더라도 적어도 일 미터 가량은 몸 앞에 늘어져 대롱거리고 있었다. 닳아서 올이 다 드러난 옷은 크리스마스를 맞아 꿰매고 솔질이 되어 있었다. 꼬마 팀은 아버지의 목말을 타고 있었다. 아, 불쌍한 꼬마 팀! 꼬마 팀은 조그만 목발을 들고 있었고, 쇠로 만든 보철이 아이의 다리를 받치고 있었다!

"아니, 우리 마사는 어디 있는 거요?" 밥 크랫칫이 주위를 두리번거리며 외쳤다.

"못 온대요." 크랫칫 부인이 대답했다.

"못 온다고?" 교회에서 여기까지 내내 팀의 말이 되어 신나게 달려오느라 들떴던 기분이 금세 가라앉은 밥이 말했다. "크리스마스 날인데도 집에 오지 못한다고?"

마사는 그냥 장난일 뿐이라고 해도 아버지의 실망한 모습을 보고 싶지 않았다. 그래서 숨어 있던 옷장 문 뒤에서 조급하게 나와 아버지 품에 달려들었다. 꼬맹이 크랫칫 남매는 크리스마스 푸딩이 솥 안에서 달그락거리는 노랫소리를 들려주려고 서로 밀면서 씩씩하게 꼬마 팀을 세탁장으로 데리고 갔다.

"꼬마 팀은 얌전하게 굴었나요?" 잘 속는다며 남편을 놀리던 크랫칫 부인이 마음껏 딸을 안아준 밥에게 물었다.

"얼마나 착하고 얌전했는지 몰라요." 밥이 대답했다. "아니, 그 이상이었지. 아무래도 혼자 앉아 생각하며 보내는 시간이 많아서인지, 우리가 듣도 보도 못한 것들을 생각해서 그럴까? 집에 오는 길에 그 애가 교회에서 사람들이 자기를 보았기를 바란다고 말하는 거요. 자기가 장애자니까 자기를 보고 절름발이 걸인을 걷게 하고 장님을 눈 뜨게 한 주님을 크리스마스 날에 다시 한 번 떠올릴 수 있다면 좋은 일이지 않겠느냐는 거지."

가족들에게 이 이야기를 들려주는 밥의 목소리는 떨리고 있었고, 꼬마 팀이 건강하고 따뜻한 마음을 가진 아이로 자라고 있다고 말할 때는 더욱 심하게 떨렸다.

다른 말을 꺼내기도 전에 조그맣지만 활기찬 목발 소리가 마룻바닥을 울리고 동생들의 부축을 받은 꼬마 팀이 방으로 돌아와 난롯가에 놓인 자신의 의자에 앉았다. 그리고—불쌍한 사람 같으니! 더 닳을 구석도 남아 있지 않은—소매를 걷어붙인 밥이 물주전자에 진과 레몬을 섞은 뜨거운 혼합 음료를 만들어 휘휘 저은 다음 벽난로 시렁 위에 얹어 보글보글 끓였다. 피터 도령과 동에 번쩍 서에 번쩍하는 두 크랫칫 남매는 거위를 가지러 갔다가 곧 의기양양한 모습으로 돌아왔다.

세상에서 거위가 가장 귀한 새라도 되는 것 같은 난리법석이 뒤따랐다. 거위에 비하면 검은 고니 정도는 아무것도 아닌 것 같았다. 그리고 사실 이 집에서 거위를 먹는 것은 검은 고니에 비견할 수 있을 정도의 사건이었다. 크랫칫 부인은(미리 소스 냄비에 준비해두었던) 그레이비 소스를 따뜻하게 데웠다. 피터 도령은 믿어지지 않을 만큼 힘차게 감자를 으깼고, 벨린다 양은 사과 소스에 설탕을 넣어 달콤하게 만들었다. 밥은 꼬마 팀을 데려와 자기 곁, 식탁 가장자리에 앉혔다. 꼬맹이 크랫칫 남매는 식구들이 앉을 의자를 준비했다. 물론 자신들이 앉을 의자도 빼먹지 않고. 그런 다음 혹시라도 자기들 차례가 되기도 전에 거위를 달라고 소리를 지르며 떼쓰지 않기 위해 숟가락을 입에 물고서 보초를 섰다. 마침내 음식들이 다 차려졌고 식전 감사 기도가 끝났다. 크랫칫 부인이 거위의 가슴에 찔러 넣을 식탁용 칼을 준비하자 갑자기 숨 막히는 고요가 흘렀다. 그렇지만 크랫칫 부인이 거위의 가슴을 푹 찔러 오랫동안 고대했던 거위 배 속을 채운 소가 앞으로 주르르 흘러내리자 모두가 기쁨에 차서 술렁거렸다. 꼬맹이 크랫칫 남매의 흥분이 전염되었는지 꼬마 팀마저도 식탁을 칼 손잡이로 두드려대며 힘없는 목소리로나마 만세를 외쳤다.

이런 거위는 처음이었다. 밥은 거위가 이렇게 맛있게 요리된 것은 처음이라고 단언했다. 거위의 부드러운 고기와 향과 크기와 그 저렴한 가격이라니, 모두가 경탄해 마지않았다. 사과 소스와 으깬 감자를 보태니 온 식구가 먹고도 남을 정도로 충분한 성찬이었다. 실제로(접시 위의 아주 조그만 뼛조각 하나까지도 살펴본) 크랫칫 부인이 대단히 흡족하게 말했던 것처럼, 그들은 결국 다 먹을 수가 없었다! 그렇지만 모두가 배불리 먹었고, 특히 가장 막내인 크랫칫 남매는 세이지와 양파가 눈썹에까지 붙어 있었다! 이제 벨린다 양이 새 접시들로 바꾸는 동안 크랫칫 부인은—아무에게도 들키지 않도록 신경을 쓰면서—슬며시 크리스마스 푸딩을 가지러 갔다.

아직 익지 않았으면 어떻게 하지! 푸딩을 뒤집다가 부서뜨리기라도 하면 어떻게 하지! 가족들이 거위를 먹으며 즐거워하는 동안 누군가가 뒤뜰의 담을 넘어와 푸딩을 훔쳐 가버렸으면 어떻게 하지! 그런 상상만으로도 막내 크랫칫 남매가 노발대발할 텐데! 별의별 끔찍한 참사가 상상되었다.

만세! 엄청나게 피어오르는 저 김 좀 봐! 푸딩이 솥 밖으로 나왔다. 빨래하는 날 같은 냄새가 퍼졌다! 푸딩을 덮었던 면포에서 나는 냄새였다. 식당과 빵집과 세탁소가 나란히 있을 때 나는 냄새 같았다! 그것이 그 푸딩이었다. 삼십 초도 안 되어 얼굴에 홍조를 띠고 자랑스러운 미소를 지은 크랫칫 부인이 맨 꼭대기에는 크리스마스 호랑가시나무 장식을 꽂고 브랜디를 반 파운드 넣어 불을 붙인, 작은 반점들로 덮인 대포알처럼 생긴 굳고 단단한 푸딩을 들고 방으로 들어왔다.

우와, 정말이지 굉장한 푸딩이었다! 크랫칫 부인이 결혼한 이래 거둔 가장 대단한 성공작이라고 밥이 태연하게 말했다. 크랫칫 부인은 이제야 한시름 덜었다고 말하면서 사실은 밀가루 양이 제대로 들어갔는지 불안했다고 고백했다. 모두들 한마디씩 했지만, 그런 대식구가 나누어 먹기에는 푸딩이 너무 작다고 생각하거나 투덜대는 사람은 아무도 없었다. 그런 사람이 있었다면 진짜 이교도 취급을 받았을 것이다. 크랫칫 가족이라면 누구나 그런 기색을 띤 것만으로도 얼굴이 빨개졌을 것이다.

마침내 식사가 전부 끝났고, 가족들은 식탁을 치운 다음 벽난로를 쓸고 난롯불을 북돋웠다. 벽난로 시렁에 얹어두었던 주전자에 담긴 음료는 완벽하게 잘 만들어졌고, 사과와 오렌지가 식탁 위에 차려졌으며 밤을 가득 담은 삽이 불 위에 얹어졌다. 그런 다음 크랫칫 가족 모두가 난롯가에 둘러앉았다. 밥은 둥글게 앉자고 말했지만, 물론 반원 모양으로 둘러앉자는 말이었다. 그리고 밥의 팔꿈치께에는 그의 가족이 가진 유리잔들이 세워져 있었다. 큰 컵 두 개와 손잡이가 없는 커스터드용 컵 한 개가 다였다.

그렇지만 이 잔들은 그 어떤 황금 술잔 못지않게 주전자의 뜨거운 음료를 잘 담아냈다. 그리고 밥이 만면에 기쁜 표정을 지은 채 음료를 따라주는 동안 불 위에 얹어둔 밤들이 시끄러운 소리를 내며 타닥거렸다. 그러자 밥이 제안했다.

"얘들아, 우리 모두에게 즐거운 크리스마스를! 하나님이 우리를 축복하시길!"

가족들이 모두 입을 모아 따라했다.

"하나님이 우리 모두를 축복하시길!" 꼬마 팀이 맨 마지막으로 말했다.

꼬마 팀은 아버지의 옆구리에 딱 달라붙어 조그만 자기 의자에 앉아 있었다. 밥은 사랑하는 아이를 영원히 곁에 붙들어두고 싶다는 듯이, 누군가에게 아이를 빼앗길까 두렵다는 듯이 팀의 조그만 손을 꼭 쥐었다.

"유령님." 스크루지가 전에는 한 번도 느껴보지 못했던 관심을 담아 물었다. "꼬마 팀이 살 수 있는지 말씀해주십시오."

"저 초라한 굴뚝 구석에 빈 의자가 하나 보이는구나." 유령이 대답했다. "그리고 잘 간수해둔 주인이 없어진 목발도. 이런 환영들이 미래에 의해 바뀌지 않는다면 그 아이는 죽게 될 거야."

"안 됩니다. 안 돼요." 스크루지가 말했다. "오, 절대 안 됩니다. 친절하신 유령님, 그 애가 살 수 있다고 말해주세요."

"미래가 이런 환영들을 바꾸지 못한다면 우리들 중에 누구도 그 아이를 여기서 볼 수 없게 되겠지." 유령이 대답했다. "그래서 어쨌다는 거지? 어차피 죽을 아이라면 죽는 게 낫겠지. 그러면 인구 과잉도 줄일 수 있을 테고 말이야."

스크루지는 자신이 했던 말을 유령이 그대로 되풀이하는 것을 듣고 고개를 푹 수그렸고, 참회하는 마음과 슬픔에 사로잡혔다.

"이봐." 유령이 말했다. "네가 심장이 돌로 만들어진 사람이 아니라면 인구 과잉이 어떤 뜻인지, 어디서 남아도는지 알게 되기 전까지는 그런 사악한 말은 삼가도록 해라. 어떤 사람들이 살아야 하고, 또 어떤 사람들이 죽어야 하는지 네가 결정하려 드느냐? 하나님의 눈에는 저렇게 가난한 아이들 수백만 명보다 네가 더 가치가 없고, 살 자격이 없을 수도 있단 말이다. 오, 하나님! 나뭇잎 위의 벌레가 먼지 속에서 뒹구는 가난한 형제들을 보고 쓸데없이 생명이 너무 많다고 말하는 꼴이라니!"

스크루지는 유령의 힐책에 무릎을 꿇고 몸을 떨며 눈을 내리깔았다. 그렇지만 그 자신의 이름을 부르는 소리가 들리자 스크루지는 놀라 재빨리 시선을 들었다.

"스크루지 씨를 위하여!" 밥이 말했다. "오늘 멋진 성찬을 즐길 수 있게 해준 스크루지 씨를 위하여!"

"과연 멋진 성찬을 즐길 수 있게 해준 사람이로군요!" 크랫칫 부인이 노여움으로 얼굴을 붉게 물들이며 소리쳤다. "그 양반이 지금 여기 있었으면 좋겠네요. 욕이나 대접해드리지요. 그거나마 맛있게 드셨으면 좋겠네요."

"여보." 밥이 불렀다. "아이들이 듣고 있잖소. 오늘은 크리스마스라고."

"틀림없이 크리스마스 날이고말고요." 크랫칫 부인이 말했다. "스크루지 씨같이 밉살맞고, 인색하고, 가혹하고 무정한 사람의 건강을 위해서 건배하는 날이 또 있겠어요? 로버트〔'밥'은 '로버트'의 애칭이다―옮긴이〕, 당신은 스크루지 씨를 속속들이 알지요. 아무도 당신보다 그 사람을 더 잘 아는 사람은 없을 거예요, 가엾은 사람!"

"여보." 밥이 부드럽게 제지했다. "크리스마스 날이라니까."

"당신을 위해서, 그리고 오늘이 크리스마스니까 스크루지 씨의 건강을 위해 건배하겠어요." 크랫칫 부인이 말했다. "그 사람을 위해서가 아니에요. 오래오래 살라지! 즐거운 크리스마스와 복된 새해를 맞이하시길! 필시 즐겁고 행복하겠지만!"

아이들도 크랫칫 부인을 따라 축배를 들었다. 그렇지만 그렇게 진심이 담기지 않은 건배는 여태 처음이었다. 꼬마 팀이 맨 마지막으로 건배를 했지만, 아이도 전혀 진심이 아니었다. 스크루지는 그 가족에게 무서운 도깨비 같은 존재였던 것이다. 그의 이름을 입에 올린 것만으로도 파티에 어두운 그림자가 드리워졌고, 그것을 쫓아 버릴 때까지 꼬박 오 분이나 걸렸다.

그림자가 사라지자 스크루지라는 불길한 존재를 극복했다는 안
도감으로 가족은 전보다 열 배는 더 즐거워졌다. 밥은 피터를 위해
봐둔 일자리가 있는데 들어갈 수만 있다면 일주일에 오 실링 육 펜
스를 고스란히 벌 수 있을 거라고 말했다. 꼬맹이 크랫칫 남매는 피
터가 정말 일을 하게 된다는 생각만으로도 숨이 넘어갈 듯한 웃음
을 터뜨렸다. 피터 자신은 그렇게 당황스러울 정도로 많은 급료를
받으면 어떻게 투자해야 좋을지 고심하듯이 벽난로를 바라보며 높
다란 셔츠 칼라 사이에서 생각에 잠겼다. 이번엔 모자 가게에서 일
하는 가엾은 견습생인 마사가 자신이 어떤 일을 해야 하는지, 한 번
에 얼마나 오랫동안 일을 해야 하는지, 그리고 내일 아침은 집에서
보내는 휴일이니 침대에서 느긋하게 늦잠을 자려고 한다는 것까지
시시콜콜하게 가족들에게 이야기했다. 또한 며칠 전 백작 부인과
귀족을 보았는데, 그 귀족의 키가 "꼭 피터만 하더라"고 말하자, 피
터가 셔츠 칼라를 얼마나 높이 추켜세웠는지 여러분이 그 자리에
있었더라도 피터의 머리를 볼 수 없었을 정도였다. 그러는 동안 내
내 군밤과 주전자가 가족 사이를 오갔다. 그리고 꼬마 팀이 눈 속에
서 길을 잃고 헤매는 아이에 대한 노래를 불렀다. 팀의 목소리는 애
처롭고 연약했지만 정말로 노래를 잘 불렀다.

대단할 것이라고는 하나도 없는 자리였다. 그들은 부유한 가족이
아니었다. 잘 차려입지도 못했고, 신고 있는 신발은 방수도 되지 않
았다. 의복은 초라했고 피터는, 그럴 가능성이 대단히 높지만, 전당
포에도 여러 번 가봤을 것이었다. 하지만 그들은 행복했고, 감사하

는 마음을 가지고 있었으며, 서로 함께 있을 수 있어서 기뻤고, 그 시간이 만족스러웠다. 환하게 반짝거리는 유령의 횃불 속에서 그들의 모습이 희미해지면서 더욱더 행복해 보일 때도 스크루지는 마지막 순간까지 그들에게서, 특히 꼬마 팀에게서 시선을 돌릴 수가 없었다.

어느새 날이 어두워지고 있었고, 눈이 더욱 심하게 내렸다. 스크루지와 유령이 길을 따라 걷는 동안 부엌과 거실과 이런저런 방들에서 불이 환하게 타오르는 광경이 멋졌다. 이쪽 집에서는 너울거리는 불꽃이 불 앞에서 따뜻한 요리들을 만들면서 아늑한 식사를 준비하는 모습과 추위와 어두움을 막기 위해 언제라도 드리울 수 있도록 준비되어 있는 진한 붉은색의 커튼을 보여주었다. 저쪽 집에서는 집안의 모든 아이들이 결혼한 언니오빠들과 사촌들과 삼촌, 숙모들을 만나기 위해, 그들에게 처음으로 인사하겠다고 앞을 다투어 눈이 내리는 바깥으로 달려 나오는 모습이 보였다. 다시 이쪽 집에서는 한데 어울리는 손님들의 그림자가 창문 블라인드에 비쳤다. 그리고 또 저쪽에서는 모두들 모자를 쓰고 모피를 두른 부츠를 신은 아름다운 아가씨들이 한꺼번에 재잘거리며 발걸음도 경쾌하게 근처에 있는 이웃집으로 향했고, 아가씨들이 들어오는 것을 보면서 그 집에 사는 총각은 얼굴을 붉혔다! 교활한 아가씨들 같으니! 그들은 총각이 수줍어하는 것을 알고 있었다!

만일 여러분이 사교적인 모임에 가기 위해 길을 재촉하는 사람들의 수를 헤아렸다면 그들이 다른 이의 집을 방문해도 환영하기 위해 집에 남아 있는 사람이 한 명도 없을지도 모르겠다는 생각이 들었겠지만, 실제로는 집집마다 손님들을 기다리면서 난롯불이 굴뚝의 반쯤 치솟아 올라갈 정도로 불을 지피고 있었다. 그것을 축복하면서 유령이 얼마나 기뻐 날뛰었는지! 유령이 넓은 맨가슴을 드러내고 전능한 손바닥을 쫙 벌리고 공중에 둥둥 뜬 채 그 관대한 손길이 닿는 곳마다 환하고 순수한 환희를 얼마나 아낌없이 뿌렸는지! 어딘가에 초대받아 저녁 시간을 보낼 옷차림을 하고 어둑어둑한 거리에서 불을 들고 종종걸음을 치던 가로등 점등원도 유령이 그의 곁을 지나자 웃음을 터뜨렸다. 크리스마스 날이라는 것 외에 자신의 옆에 누군가가 있다고는 생각지 못했지만 말이다.

그러더니 유령에게서 아무런 경고도 듣지 못한 채 갑자기 유령과 스크루지는 거대한 거친 돌덩어리들이 내던져져 있어서 거인들의 공동묘지 같은 인상을 주는 황량하고 적막한 황야에 서 있었다. 물은 제 마음 내키는 대로 흘렀다. 아니, 얼어서 갇히지만 않았다면 그렇게 흘렀을 것이다. 이끼와 가시금작화와, 당연하지만 무성한 잡초 이외에는 아무것도 자라지 않는 땅이었다. 서쪽 하늘 아래로 해가 한 줄기 타오르는 것 같은 붉은 빛을 남기며 지고 있었다. 빛줄기는 잠시나마 성난 눈처럼 적막한 황야를 노려보면서 낮게, 낮게, 더욱더 낮게 가라앉으며 가장 깜깜한 밤의 짙은 암흑 속으로 몸을 감췄다.

"여기가 어디인가요?" 스크루지가 물었다.

"땅속 깊은 곳에서 열심히 일하는 광부들이 사는 곳이라네." 유령이 대답했다. "하지만 그들은 나를 알지. 자, 잘 보게!"

오두막의 창문 너머로 불빛이 반짝거렸고, 유령과 스크루지는 곧 그쪽으로 향했다. 진흙과 돌로 만든 벽을 통과하자 타오르는 난로 둘레에 둥글게 모여 앉은 유쾌한 사람들이 있었다. 아주아주 늙은 부부와 그들의 자녀, 또 그 자녀들, 그리고 그 아래 세대까지 모두 크리스마스를 위한 옷으로 멋지게 차려입고 즐겁게 한자리에 모여 있었다. 노인은 불모의 황야에서 윙윙거리는 바람 소리에 거의 묻힐 듯 말 듯한 목소리로 가족들에게 크리스마스 노래를 불러주고 있었다. 그가 소년이었던 시절에 불렀던 아주 오래된 노래였다. 가끔 후렴 부분에서는 가족들 모두가 함께 부르기도 했다. 가족들이 목소리를 높이면 노인도 덩달아 신이 나서 목소리가 커졌고, 가족들이 노래를 멈추면 노인의 활력도 다시 잦아들었다.

유령은 여기서 지체하지 않고, 스크루지에게 자신의 옷자락을 잡게 해서 황야 위를 날았다. 어디로 가려고 속도를 내는 것일까? 바다는 아니겠지? 바다로 가는 것이었다. 공포스럽게도 뒤를 돌아보니 그들 뒤로 깎아지른 듯한 절벽이 이어진 땅 끄트머리가 보였다. 우레 같은 파도가 우렁우렁 쿵쿵거리며 노호하고, 파도에 깎인 무시무시한 동굴들마다 사납게 몰아쳐서 흉포하게 육지를 집어삼킬 것 같은 소리에 귀가 먹먹해졌다.

해변에서 몇 킬로미터 떨어진 곳에 일 년 내내 거친 파도가 부딪혀 물보라를 튀기는 외딴 암초 위에 쓸쓸한 등대가 있었다. 등대의 아랫부분에는 엄청난 양의 해초가 달라붙어 있었고, 해초가 물에서 태어났듯이 바람에서 태어난 것이 아닐까 하는 의심이 드는 새들이 그들이 스쳐 지나가는 파도처럼 날아올랐다가 등대로 내려갔다.

그러나 여기서조차도 등대의 불빛을 지키고 있는 두 남자가 불을 피워서 두꺼운 돌벽의 망보는 구멍으로 흘러나간 빛줄기가 무서운 바다 위에 환하게 빛나고 있었다. 등대지기들은 조악한 탁자 앞에 앉아 굳은살이 박힌 단단한 손을 한데 모아 독한 술로 서로에게 즐거운 크리스마스를 기원하고 있었다. 둘 중 오래된 뱃머리에 장식된 조각상마냥 매서운 날씨에 얼굴을 다쳐 온통 흉터 투성이가 된 연장자가 사나운 바람소리 같은 곡조의 힘찬 노래를 불렀다.

유령은 다시 속도를 내서 검게 일렁거리는 바다 위를 계속, 계속 날아서 유령이 스크루지에게 말했듯이 그 어떤 해안에서도 멀리 떨어진 망망대해에 떠 있는 배에 내려섰다. 유령과 스크루지는 타륜을 잡고 있는 키잡이와 뱃머리에서 망을 보는 선원과 불침번을 서는 고급 선원 옆에 서 있었다. 그들은 어둡고 유령 같은 형상으로 자신들이 맡고 있는 지점들을 지키고 있었다. 그렇지만 모두가 크리스마스 노래를 흥얼거리거나, 크리스마스를 생각하거나, 향수 섞인 소망을 담아 예전에 보냈던 크리스마스에 대한 이야기를 동료들과 소곤거렸다. 잠을 자고 있든 깨어 있든, 좋은 사람이든 나쁜 사람이든, 배에 타고 있는 모든 사람들이 일 년 중 그 어느 때보다도 그날만큼은 서로에게 더욱 따뜻한 말을 건넸다. 정도의 차이는 있겠지만 축일의 즐거움을 모두들 함께 나누었다. 그리고 멀리 떨어져 있지만 자신이 항상 염두에 두고 있는 사람들을 떠올리고 그들이 자신을 기억하며 기뻐하리라는 것을 알고 있었다.

바람이 울부짖는 소리를 들으며 그 깊이가 죽음만큼이나 심원한 비밀에 쌓여 있는 미지의 심연 위로 고독한 어둠 속을 헤쳐 나가는 것이 얼마나 엄숙한 일인지 생각에 빠져 있던 스크루지는 마음에서 우러나오는 듯한 커다란 웃음소리를 듣고 화들짝 놀랐다. 그 소리가 스크루지 자신의 조카가 웃는 소리고, 어느새 그들이 환하고 습기가 없는 반짝이는 방 안에 와 있으며, 웃고 있는 유령이 자신의 옆에 서서 마음에 든다는 듯 조카를 상냥하게 바라보고 있다는 것을 알아차리자 그는 더욱 놀랐다.

"하하하하하!" 스크루지의 조카가 웃음을 터뜨렸다. "하하하하하!"

독자 여러분 중에 그럴 가능성은 별로 없겠지만 스크루지의 조카보다 더 복스럽게 웃는 사람을 아는 분이 있다면 나는 그와도 꼭 알고 지내고 싶다. 나에게 소개시켜주시길. 그런 사람이라면 기꺼이 친구가 되겠다.

질병과 슬픔도 다른 사람에게 전염이 되긴 하지만 이 세상에서 웃음과 즐거운 기분만큼 저항할 수 없을 정도로 전염력이 강한 것이 없다는 사실은 공정하고 공평하고 탁월한 상황 조정이라고 할 수 있다. 스크루지의 조카가 옆구리를 움켜쥐고, 머리를 흔들며, 온갖 엄청나고 이상한 표정을 지어가면서 웃음을 터뜨리자, 스크루지의 조카며느리도 그만큼이나 숨이 넘어가도록 웃었다. 함께 어울리던 친구들도 질세라 배꼽을 잡고 실컷 웃었다.

"하하! 하하하하하!"

"그분은 크리스마스가 허튼소리라는 거야! 확실히 그렇게 말씀하셨다니까!" 스크루지의 조카가 외쳤다. "진심으로 그렇게 믿고 계시더라니까!"

"부끄러운 일이에요, 프레드!" 스크루지의 조카며느리가 분개한 어조로 말했다. 이런 여성들에게 축복이 있기를. 그들은 어떤 일을 할 때 어중간하게는 하지 않는다. 언제나 성심을 다한다.

조카며느리는 아주 예뻤다. 대단한 미인이었다. 보조개가 팬 놀란 듯한 표정의 아름다운 얼굴과 키스를 받기 위해 만들어진 것 같은 붉고 탐스러운 조그만 입술, 웃을 때면 하나로 모이곤 하는 턱에 찍힌 작고 귀여운 점들, 어떤 미인의 얼굴에서도 보기 어려울 정도로 태양처럼 밝게 빛나는 한 쌍의 눈, 그 모두가 한데 모여 여러분이 매력적이라고 부를 만한 모습이었다. 그렇지만 만족스러운 모습이기도 했다. 더할 나위 없이 만족스러운 모습이었다.

"그분은 정말 우습다니까." 스크루지의 조카가 말했다. "그건 사실이요. 그리고 그다지 유쾌한 분이 아니시기도 하지. 하지만 그분의 죄악으로 스스로 벌을 받고 계시니 내가 굳이 무례하게 이야기할 건 없지."

"굉장한 부자시라면서요, 프레드?" 스크루지의 조카며느리가 끼어들었다. "적어도 당신이 항상 그렇게 말하고 있잖아요."

"그게 무슨 소용이 있겠소, 여보!" 스크루지의 조카가 말했다. "그분의 재산이 그분께는 하나도 쓸모가 없다니까. 그 많은 재산으로 좋은 일이라고는 눈곱만큼도 하시지 않잖소. 그렇다고 우리를 조금이라도 도와줄 생각은 꿈도 꾸지 않으시는데. 하하하!"

"저는 그런 사람은 참을 수 없어요." 스크루지의 조카며느리가 말했다. 스크루지 조카의 처제들과 그 자리에 있던 다른 숙녀들도 같은 의견을 표명했다.

"오, 물론 나는 그분이 안타까워. 화를 내보려고 해도 그분께는 화를 낼 수가 없다니까. 그분의 좋지 않은 변덕으로 결국 고생을 하는 사람이 누구겠어? 늘 그분 스스로 고통을 받겠지. 우리를 좋아하지 않는다고 생각하시니까 우리와 같이 식사를 하려고 여기 오시는 일은 없겠지. 그래서 어떻게 되었냐고? 뭐, 그다지 성찬이라고 할 만한 걸 놓치신 건 아니지만."

"그분은 정말로 대단한 성찬을 놓치신 거라고 생각해요." 스크루지의 조카며느리가 끼어들었다. 모두가 이구동성으로 같은 의견을 말했다. 지금 막 식사를 마치고 난롯가에 둘러앉아 램프 불빛 옆에서 식탁 위에 놓인 디저트를 먹고 있는 터였기 때문에 그들은 판결을 내릴 자격이 충분했다.

"이런, 이런, 그렇게들 말해주니 굉장히 기분이 좋군!" 스크루지의 조카가 말했다. "나는 이런 젊은 주부들에게 그다지 대단한 신뢰감을 품고 있지는 않거든. 토퍼, 자네 생각은 어떤가?"

독신이란 그런 문제에 의견을 표명할 권리가 없는 불쌍한 이방인이라고 대답한 것을 보면 토퍼는 스크루지 조카의 처제들 중 한 명에게 눈독을 들이고 있는 것이 분명했다. 토퍼의 말에, 장미를 꽂은 쪽이 아니라 레이스 깃이 달린 드레스를 입은 토실토실한 처제가 얼굴을 붉혔다.

"계속 이야기해봐요, 프레드." 스크루지의 조카며느리가 손뼉을 치며 말했다. "언제나 말을 하다 말고 삼천포로 빠진다니까! 정말 우스운 사람이에요!"

스크루지의 조카는 또다시 웃음을 터뜨렸고, 다른 사람들도 그 웃음에 전염되지 않을 수 없었다. 토실토실한 처제는 향초까지 동원하면서 웃지 않으려 힘겹게 버텨보았지만 소용없이 웃음을 터뜨렸다. 모두가 한마음이 되어 실컷 웃었다.

"그냥 그분이 우리를 미워하시고, 우리와 함께 축일을 흥겹게 보내시려 하지 않기 때문에 그분께 득이 되면 되었지, 전혀 해가 되지 않을 유쾌한 순간들을 놓치고 계신다고 말을 하고 싶었을 뿐이야. 곰팡내 나는 낡은 사무실이나 무미건조한 집에 틀어박혀서 혼자 생각에 잠기시는 것보다는 훨씬 유쾌하게 시간을 보낼 수 있는 벗들을 놓치고 계신다고 생각해. 내 말은 그분이 원하시든 원하시지 않든 매년 같은 기회를 그분께 드리는 것은 내가 그분을 안타깝게 생각하기 때문이야. 삼촌은 돌아가실 때까지 크리스마스를 욕하실지도 모르지. 하지만 내가 매년 찾아가서 기분 좋게 '스크루지 삼촌, 안녕하세요?' 하고 인사한다면 크리스마스를 더 좋게 생각하시지 않을 수 없을 거야. 어려운 일이지만 계속 도전하겠어. 그래서 그 가엾은 사무원에게 오십 파운드라도 남겨주실 생각을 하게 되신다면 그거야말로 대단한 일이지. 그리고 어제는 삼촌 마음이 흔들린 것 같았어."

스크루지가 흔들렸다니, 좌중의 사람들은 그런 생각만으로도 웃음을 터뜨렸다. 그렇지만 순전히 마음씨가 좋은 스크루지의 조카는 그들이 웃는 것이 무엇 때문인지 그다지 마음을 쓰지 않았고, 어찌되었든 사람들이 웃는다는 것에 흥겨운 분위기를 주도하면서 즐겁게 술병을 돌렸다.

차를 마신 후에 그들은 음악을 연주했다. 그들은 음악적 재능이 있는 가족이었고, 합창곡이든 돌림노래든 부르려는 곡이 어떤 것인지 잘 알고 있었다. 내가 여러분에게 보증할 수 있다. 특히 토퍼는 이마에 핏대를 세우지도, 얼굴이 뻘게지지도 않고 베이스 부분을 울림이 좋은 목소리로 불렀다. 스크루지의 조카며느리는 하프를 아주 잘 연주했다. 연주한 곡들 중에는 아주 간단하고 짧은 곡조도 있었는데(정말 아무것도 아니었다. 여러분이라면 이 분이면 배워 휘파람으로 불 수 있을 정도로 간단한 곡이었다) 과거 크리스마스의 유령이 상기시켰던, 기숙학교에 스크루지를 데리러 찾아왔던 아이가 잘 부르던 노래였다. 이 음악이 흐르자 과거 크리스마스의 유령이 보여주었던 모든 영상들이 머릿속에 다시 떠올랐다. 그의 마음은 점점 더 말랑말랑해졌다. 그리고 여러 해 전에 이 음악을 자주들을 수 있었다면, 제이콥 말리를 묻은 교회지기의 삽에 의지하지 않고 자신의 손으로 자신의 행복을 위해 다정한 삶을 가꿔 나갔을지도 모르겠다는 생각이 들었다.

하지만 그들은 저녁 시간을 온통 음악을 연주하며 보내지는 않았다. 어느 정도 지나자 그들은 벌금 놀이를 했다. 가끔은 아이가 되는 것도 좋은 일이었고, 크리스마스를 있게 한 전능하신 주님도 그날에는 아기였으니 아이들처럼 놀기에 그보다 더 좋은 때는 없었다. 잠깐! 먼저 술래잡기 놀이가 벌어졌다. 그렇구나, 술래잡기 놀이도 했다. 그리고 토퍼의 신발에 눈이 달렸다는 말을 믿으면 믿었지, 그가 정말로 눈을 감았다고는 믿지 못하겠다. 내 생각에는 그렇다. 토퍼와 스크루지의 조카 사이에 모종의 거래가 있었던 것이 틀림없다. 그리고 현재 크리스마스의 유령도 그 사실을 알고 있었다. 토퍼가 레이스 깃이 달린 드레스를 입은 토실토실한 처제를 쫓아다닌 방법은 인간 본성의 순수함을 위반하는 것이었다. 부지깽이를 쓰러뜨리고, 의자 위로 구르고, 피아노에 부딪히고, 커튼에 몸이 휘감기면서도 그녀가 가는 곳마다 토퍼가 뒤를 따랐다. 토퍼는 늘 토실토실한 처제가 어디 있는지 알고 있었다. 그는 다른 사람은 아무도 잡으려 들지 않았다. 좌중의 몇몇 사람들이 그랬듯이 여러분이 토퍼의 정면으로 넘어지거나 그가 가는 길에 서 있어도, 여러분은 도저히 이해할 수 없겠지만, 그는 잡으려는 시늉을 하다가도 곧 토실토실한 처제 쪽으로 옆 걸음질 쳤을 것이다. 때때로 그녀가 공평하지 않다고 소리쳤다. 실제로 공평하지 않았다. 그렇지만 비단으로 만든 사각거리는 소리를 내는 드레스와 민첩하게 팔랑거리는 동작에도 불구하고 마침내 피할 곳이 없는 구석으로 토퍼가 그녀를 몰아넣어 붙잡았을 때 그의 행동이란 혐오스러울 정도였다. 그녀가 누구인지 알지 못하는 체 하면서 머리 장식을 만져볼 필요가 있는

104

양, 그리고 그녀가 손가락에 낀 반지와 목에 걸고 있는 목걸이를 만져보아야 누군지 알아낼 수 있는 것처럼 군 행동은 수치스럽고 터무니없는 짓이었다! 물론 그녀는 그런 행동을 어떻게 생각하는지 이야기했고, 다른 술래가 뽑혀 술래잡기가 계속되는 동안 그 둘은 커튼 뒤에서 내밀한 이야기를 주고받았다.

스크루지의 조카며느리는 술래잡기 놀이에 끼지 않고, 아늑한 구석에 놓인 커다란 의자에 앉아 발걸이에 발을 올려놓고 편안한 자세로 쉬고 있었다. 유령과 스크루지는 조카며느리의 바로 뒤에 있었다. 그렇지만 벌금 놀이가 시작되자 조카며느리도 참가했고, 감탄스러울 정도로 더없는 실력을 뽐냈다. 언제, 어디서, 어떻게 놀이를 하더라도 마찬가지로 대단히 잘 해냈고, 토퍼가 증인할 수 있듯이 동생들도 똑똑한 아가씨들이었지만, 그런 동생들을 완전히 물리쳐서 스크루지의 조카는 은근히 기뻐했다. 그곳에는 스무 명가량 모여 있었고, 그중에는 젊은이도, 나이 든 사람도 있었지만 모두가 놀이에 동참했다. 스크루지도 마찬가지였다. 지금 하고 있는 놀이가 너무 재미있어서 사람들의 귀에는 자신의 목소리가 들리지 않는다는 사실도 완전히 잊어버린 채 스크루지는 가끔 자기 생각을 크게 말했고, 그의 대답은 곧잘 맞기도 했다. 바늘귀가 부러지지 않는다고 보증받은 화이트채플 바늘 중에서 가장 날카로운 바늘조차 스크루지보다 날카로울 수 없다는 점을 감안하면 당연한 일일지도 모르지만, 스크루지가 머릿속에 품고 있는 생각과 비교해보면 제아무리 예리한 바늘도 뭉툭할 뿐이었다.

유령은 스크루지가 이 분위기에 흠뻑 빠져 즐거워하는 것을 보고 대단히 기뻤고, 그가 손님이 갈 때까지만 이곳에 머무르게 해달라고 아이처럼 간청하는 것을 대단히 호의적인 눈으로 바라보았다. 그렇지만 그 부탁에 유령은 안 된다고 말했다.

"새로운 놀이가 시작되는군요." 스크루지가 말했다. "삼십 분만 더요, 유령님. 제발 한 번만 머무르게 해주십시오!"

이번 놀이는 스무고개였다. 스크루지의 조카가 어떤 것을 생각하면 나머지 사람들이 그것이 무엇인지 알아내야 했다. 조카는 사람들의 질문에 예나 아니오로만 대답할 수 있었다. 사람들은 조카에게 활발하게 질문 공세를 퍼부어서 그가 생각하고 있는 것이 동물에다, 살아 있으며, 그다지 호감이 가지 않고, 사나우며, 가끔은 으르렁거리고 딱딱거리기도 하고, 또 가끔은 말도 하고, 런던에 살고 있지만, 거리를 걸어 다니고, 전시되거나 다른 사람들이 끌고 다니지는 않으며, 동물원에 살고 있지도 않고, 시장에서 도살당하지도 않으며, 말이나 당나귀나 암소나 황소나 호랑이나 개나 돼지나 고양이나 곰도 아니라는 대답을 이끌어냈다. 새로운 질문이 던져질 때마다 스크루지의 조카는 웃음보를 터뜨렸다. 말로 표현할 수 없을 정도로 재미있어서 신나게 웃던 조카는 소파에서 일어나 발을 굴러야 할 지경이었다. 마침내 토실토실한 처제가 조카와 비슷하게 숨이 넘어가도록 웃으며 외쳤다.

"알았어요! 그게 뭔지 알겠어요, 프레드! 그게 뭔지 안다고요!"

"뭔데?" 프레드가 외쳤다.

"형부의 스크루우우우우지 삼촌이지요!"

바로 맞았다. 거의 모두가 처제에게 감탄했지만, 몇몇은 '곰인가요?'라는 질문에 '예'라고 대답했어야 한다고 이의를 제기하기도 했다. 부정적인 대답이 스크루지 씨가 아닐까 했던 그들의 생각을 딴 곳으로 돌려놓았다는 것이었다.

"스크루지 삼촌이 정말 즐거운 시간을 선사했어." 프레드가 말했다. "그러니 그분의 건강을 위해서 한 잔 하지 않는다면 그야말로 배은망덕한 일이지. 마침 지금 우리들 손에 따뜻한 포도주 잔이 들려 있으니 자, 스크루지 삼촌을 위하여!"

"스크루지 삼촌을 위하여!" 모두가 외쳤다.

"삼촌이 어떤 분이시건 즐거운 크리스마스와 복된 새해를 맞이하시기를!" 스크루지의 조카가 말했다. "삼촌은 내 인사 따위는 별로 받고 싶지 않으시겠지만, 그래도 그분께 축복이 있기를. 스크루지 삼촌을 위하여!"

스크루지는 알지 못하는 사이에 즐거워지고 마음이 가벼워져서, 유령이 조금만 여유를 주었다면 자기가 있다는 것을 알지 못하는 사람들에게 답례로 축배를 들고, 들리지 않겠지만 몇 마디나마 감사의 인사를 전하고 싶었다. 그렇지만 조카의 마지막 말이 떨어지는 순간 눈앞의 광경이 모두 사라졌다. 스크루지와 유령은 또다시 여행을 떠났다.

유령과 스크루지는 많은 것을 보았고, 멀리까지 다녔으며, 수많은 가정을 방문했지만, 그 모두가 행복한 결말을 가져왔다. 유령이 아픈 사람의 병상 옆에 서면 환자가 쾌활해졌다. 낯선 땅에 가 있는 사람들 옆에 서면 그들은 고향에 좀 더 가까워진 기분을 느꼈다. 발버둥치는 사람들 옆에 서면 더 큰 희망으로 인내할 수 있게 되었다. 가난한 사람들 옆에 서면 부자가 된 것 같은 기분을 느끼게 되었다. 구빈원, 병원, 교도소 등 모든 비참한 사람들의 도피처도 그날은 사소한 권위에 사로잡힌 경솔한 사람들이 문을 잠그고서 유령을 내쫓지 않아 축복을 내릴 수 있었고, 스크루지에게 교훈을 가져다주었다.

길고 긴 밤이었다. 며칠이나 되는 크리스마스 휴일이 짧은 시간으로 한데 압축되어 지나갔기 때문에 스크루지로서는 정말 하룻밤이 맞는지 의심을 품을 수밖에 없었다. 또 이상한 것은 스크루지의 외면적인 모습이 바뀌지 않고 그대로인 반면 유령은 늙어가는 것이 뚜렷이 보였다는 점이었다. 스크루지는 이런 변화를 관찰하고 있었지만 아이들의 주현절 전야제 파티를 떠날 때까지 입 밖에 내지 않았다. 함께 실외로 나와 유령을 보았을 때 스크루지는 유령의 머리가 반백이 되었다는 것을 알아차렸다.

"유령님들의 수명은 그렇게 짧습니까?" 스크루지가 물었다.

"지상에서의 내 수명은 아주 짧다네." 유령이 대답했다. "오늘 밤이면 끝나게 되지."

"오늘 밤이라고요?" 스크루지가 외쳤다.

"오늘 밤 자정이 울리면. 들어보려무나. 시간이 다 되어가고 있구나."

그때 열한 시 사십오 분을 알리는 종소리가 울렸다.

"제가 여쭈어보는 것이 온당치 않다면 용서해주십시오." 스크루지가 유령의 옷자락을 뚫어져라 쳐다보며 말했다. "무언가 이상한 점이 있는데, 유령님이 아니라 유령님의 옷자락이 앞으로 비어져 나와 있습니다. 그것이 발입니까? 아니면 발톱입니까?"

"살점이 붙어 있는 발톱이라고 할 수 있겠지." 유령이 슬픔에 찬 목소리로 대답했다. "여기를 보려무나."

접힌 옷자락 사이에서 유령이 아이 둘을 끄집어냈다. 불쌍하고, 비참하고, 소름끼치고, 흉측하고, 보잘것없는 모습이었다. 그들은 무릎을 꿇고 유령의 옷자락에 매달려 있었다.

"이봐라, 여기를 보거라. 여기 아래를 내려다보란 말이다!" 유령이 외쳤다.

여자 아이 하나와 남자 아이 하나였다. 안색이 누렇고 바싹 야윈 데다가 누더기를 걸치고 얼굴을 잔뜩 찡그리고 탐욕스럽게 노려보면서도 비굴하게 엎드려 있었다. 아름다운 젊음으로 가득 차고 가장 생기가 있어야 할 존재를 쾌쾌하게 마르고 오그라든 손이 세월의 손길처럼 꼬집고 비틀어서 조각조각 찢어놓았다. 천사들이 차지할 수도 있었을 자리에 악마가 몸을 숨기고 위협하며 노려보고 있었다. 놀라운 창조의 모든 신비스러운 비밀의 와중에 인간성이 제 아무리 바뀌고, 타락하고, 왜곡되었어도 그렇게 끔찍하고 무시무시한 괴물의 반에도 미치지 못했을 것이다.

스크루지는 등골이 오싹해져서 뒤로 물러섰다. 아이들을 본 스크

루지는 참 귀여운 아이들이라고 말하려 애썼지만, 말은 그렇게 엄청난 거짓말에 동참하지 못하겠다는 듯 입 밖으로 나오려 하지 않았다.

"유령님, 그 애들은 유령님의 아이들입니까?" 스크루지는 그 이상 아무 말도 할 수 없었다.

"이 아이들은 인간의 아이들이다." 그들을 내려다보며 유령이 말했다. "그리고 제 아버지들을 비난하면서 나에게 매달려 있구나. 남자 아이는 '무지'고 여자 아이는 '빈곤'이다. 무지와 빈곤을 둘 다 경계하고, 그와 정도가 비슷한 것들을 모두 경계하도록 하거라. 그러나 그중에서도 가장 경계해야 할 것은 이 남자 아이다. 이 아이의 이마에 '파멸'이라고 쓰인 것이 보이는구나. 그것이 지워지지 않는다면 이 아이를 가장 경계해야 할 것이다. 무지를 거부하도록!" 유령이 손을 런던 쪽으로 뻗으며 외쳤다. "너희들에게 그런 사실을 말해주는 사람들을 실컷 욕해라! 당파적인 목적으로 사실을 받아들이는 체 했다가 상황을 더욱 악화시키거라! 그렇게 살면서 종말을 맞거라!"

"이 아이들이 보호나 원조를 받을 수 있는 곳은 없습니까?" 스크루지가 외쳤다.

"감옥이 없느냐고?" 마지막으로 유령이 스크루지가 했던 말을 고스란히 되돌리며 말했다. "구빈원이 없느냐고?"

종이 열두 시를 울렸다.

스크루지는 유령을 찾아 주변을 두리번거렸지만, 유령의 모습은

111

온데간데없었다. 마지막 종소리가 떨림을 멈추는 순간 스크루지는 제이콥 말리의 예언을 떠올렸고 시선을 들어, 낙낙하게 주름잡힌 옷을 걸치고 두건을 뒤집어쓴 엄숙한 모습의 유령이 땅 위로 깔리는 안개처럼 그를 향해 서서히 다가오는 모습을 바라보았다.

세 번째 유령

유령은 천천히, 근엄하게, 고요하게 그에게 다가왔다. 유령이 가까이 오자 스크루지는 무릎을 꿇었다. 이 유령이 두르고 있는 분위기 자체가 어둠과 신비스러움을 뿌리고 있는 것 같았기 때문이었다.

유령은 머리와 얼굴과 몸통을 전부 가리는 시꺼먼 옷을 입고 있어서 밖으로 뻗은 한쪽 손을 제외하고는 아무것도 보이지 않았다. 그 손이라도 없었다면 깜깜한 밤중에 유령의 형상을 식별하기도, 주변을 에워싼 어둠과 구별하기도 어려웠을 것이다.

스크루지는 옆으로 다가온 유령이 키가 크고 풍채도 당당하다고 생각했고, 유령의 신비스러운 존재가 그를 엄숙한 두려움으로 가득 채웠다. 유령이 말을 하지도, 움직이지도 않았기 때문에 그 이상은 알 수 없었다.

"제 앞에 서 계신 분이 오시기로 하신 크리스마스 유령님이십니까?" 스크루지가 물었다.

유령은 대답하지 않고 손으로 아래쪽을 가리켰다.

"유령님은 아직 일어나지 않았지만 우리 앞에 놓인 시간에 일어날 일들의 환영을 보여주시려는 건가요?" 스크루지가 계속해서 질문했다. "그런 겁니까, 유령님?"

유령이 입고 있는 옷의 윗부분이 한순간 주름이 잡히는 것처럼 줄어들었다. 마치 유령이 고개를 숙이는 것 같았다. 그것이 스크루지가 얻은 유일한 대답이었다.

이미 유령들과 동행하는 것에 상당히 익숙해진 스크루지이긴 하지만 말이 없는 그 형상은 너무 무서워서 다리가 덜덜 떨렸고, 유령을 따라가려고 하자 제대로 서 있기도 힘들 지경이었다. 유령은 스크루지의 상태를 살피는 것처럼 잠시 멈춰 원기를 회복할 시간을 주었다.

그러나 스크루지는 그런 유령이 더욱 무서웠다. 스크루지는 꽁꽁 싸맨 의상의 어두운 저 너머에서 유령의 눈이 자신을 뚫어지게 보고 있다는 사실을 알게 되자 모호하고 불확실한 공포로 오싹 소름이 끼쳤다. 스크루지 자신은 아무리 안간힘을 써도 유령의 손과 시꺼멓고 커다란 덩어리 하나 밖에 보이지 않았다.

"미래의 유령님!" 스크루지가 외쳤다. "저는 여태까지 뵌 유령님들 중에서 미래의 유령님이 가장 두렵습니다. 그렇지만 유령님이 저에게 유익한 일을 하시려는 것을 알기 때문에, 그리고 과거의 저와는 다른 사람으로 살고 싶기 때문에 꾹 참고 유령님을 따라갈 준비가 되어 있습니다. 기꺼이 감사드리는 마음으로요. 저에게 아무 말도 하지 않으실 겁니까?"

유령은 아무런 대답도 하지 않았다. 유령의 손은 그들의 정면을 가리키고 있었다.

"저를 이끌어주십시오!" 스크루지가 말했다. "저를 이끌어주십시오! 밤 시간이 빠르게 지나가고 있습니다. 저에게는 소중한 시간이지요. 네, 저도 잘 압니다. 저를 이끌어가주십시오, 유령님!"

유령은 스크루지 쪽으로 다가왔을 때와 마찬가지로 천천히, 근엄하게 멀어져갔다. 스크루지는 자신의 무게를 지탱하고 함께 나르는 것 같은 그 옷자락의 그림자 속에서 유령을 따랐다.

그들이 런던 시에 들어간 것 같지 않았다. 오히려 런던 시가 유령과 스크루지 앞에서 불쑥 솟아올라 저절로 그들을 둘러싼 것 같았다. 어쨌든 그들은 런던 시의 중심부, 상인들로 가득한 기래소에 있었다. 상인들은 바쁘게 이리저리 왔다 갔다 하며 주머니에 든 돈을 짤그랑거리거나, 삼삼오오 모여 이야기를 나누거나, 시계를 들여다보거나, 커다란 황금 인장을 만지작거리거나 하는 등 스크루지가 과거에도 자주 보아온 모습들이었다.

유령은 몇 명 되지 않는 상인들이 모여서 이야기를 나누는 곳에서 멈췄다. 유령의 손이 그들을 가리키는 것을 보고 스크루지는 그들 앞으로 다가가 무슨 이야기를 하는지 귀를 기울였다.

"아니요." 턱이 터무니없이 거대한 아주 뚱뚱한 남자가 말했다. "저도 자세히는 모릅니다. 그저 그 사람이 죽었다는 정도만 알고 있습니다."

"언제 죽었답니까?" 다른 사람이 물었다.

"어젯밤이라지요, 아마."

"저런, 사인이 뭐였나요?" 아주 큰 코담배 상자에서 코담배를 왕창 꺼내며 세 번째 사람이 물었다. "그 사람은 죽여도 죽지 않을 거라고 생각했는데요."

"누가 알겠습니까?" 뚱뚱한 사람이 하품을 하며 말했다.

"그 사람 돈은 어떻게 한답니까?" 코끝에 수컷 칠면조의 턱 밑에 처진 살처럼 흔들리는 혹이 난 얼굴색이 붉은 신사가 물었다.

"글쎄, 그것에 대해서는 들은 바가 없군요." 거대한 턱을 가진 남자가 다시 하품을 하며 말했다. "아마 자기 회사에 남겼겠지요. 저에게는 남기지 않았으니까요. 제가 아는 거라고는 그것이 전부입니다." 이 농담에 모두가 웃음을 터뜨렸다.

"굉장히 초라한 장례식이 될 것 같군요." 그가 말을 이었다. "제가 아는 사람들 중에서는 그 사람 장례식에 가겠다는 사람이 아무도 없으니 말입니다. 장례식에 보낼 자원자라도 모으면 어떨까요?"

"점심 식사만 준다면 가도 상관없지." 코끝에 혹이 달린 신사가 말했다. "식사를 대접하지 않으면 안 가겠지만."

사람들이 또 한 번 웃음을 터뜨렸다.

"여러분들 중에서 가장 관심이 없는 사람은 아마 저일 겁니다." 맨 처음에 말했던 뚱뚱한 남자가 다시 말을 꺼냈다. "저는 검은 장갑도 절대 끼지 않고, 점심도 절대 안 먹거든요. 그렇지만 누구 다른 사람이 가겠다면 저도 참석하겠습니다. 생각해보면 그래도 그 사람과 가장 친하게 지냈던 사람이 저였던 것 같으니 말입니다. 언제든 만나면 잠시 멈춰 이야기를 하곤 했지요. 그럼, 안녕히들 가십시오!"

대화를 나누던 사람들은 흩어져서 다른 무리들과 어울렸다. 스크루지는 그 사람들을 알고 있었기 때문에 무슨 일이 있는 건지 설명을 청하는 듯이 유령 쪽을 바라보았다.

유령은 길거리로 미끄러져 나갔다. 유령의 손가락이 만나서 이야기를 나누고 있는 두 사람을 가리켰다. 스크루지는 그 설명을 들을 수 있을지도 모르겠다는 생각에 다시 귀를 기울였다.

스크루지는 이 두 사람도 아주 잘 알고 있었다. 아주 부유하고 대단히 중요한 위치에 있는 사업가들이었다. 스크루지는 그들에게 좋은 평판을 얻으려고 늘 애를 썼다. 물론 사업적인 측면에서, 순전히 사업적인 측면에서였다.

"안녕하십니까?" 한 사람이 말했다.

"안녕하십니까?" 다른 사람도 인사를 했다.

"그런데 저런, 그 악마가 마침내 최후를 맞았다더군요." 첫 번째 사람이 말을 꺼냈다.

"저도 그렇다고 들었습니다." 두 번째 사람이 대답했다. "날씨가 춥지요?"

"크리스마스에 딱 어울리는 날씨지요. 스케이트는 안 타시지요?"

"안 탑니다. 다른 볼일이 좀 있어서요. 안녕히 가십시오."

다른 말은 없었다. 그들의 만남과 대화와 이별은 그것이 전부였다.

스크루지는 처음에 유령이 그렇게 사소하게 보이는 대화를 중요하게 여기는 것에 놀랐다. 그렇지만 그 대화 속에 숨겨진 뜻이 있는 것이 분명하다고 여긴 스크루지는 그것이 무엇일까 곰곰이 생각하기 시작했다. 그의 예전 파트너인 제이콥의 죽음일 가능성은 거의 없었다. 제이콥 말리가 죽은 것은 이미 과거였고, 이 유령의 영역은 미래였으니까. 자신과 연관된 사람들 중에서 그 대화 내용에 딱 맞는 사람이 곧바로 떠오르지 않았다. 그렇지만 그게 누구건 스크루지 자신을 향상시키기 위한 교훈이 숨겨져 있다는 것을 믿어 의심치 않은 그는 귀로 들은 모든 말과 눈으로 본 모든 장면을 소중히 간직하고, 그 자신이 보이면 그 환영을 잘 관찰해야겠다고 마음먹었다. 미래의 자신이 하는 행동들이 그가 놓친 단서를 줄 것이고, 이 수수께끼를 쉽사리 풀 수 있는 해결책이 되어주지 않을까 하는 기대감이 들었기 때문이었다.

그는 자신의 모습을 찾아 거래소를 두리번거렸다. 그렇지만 평소 머무르곤 하는 익숙한 장소에는 다른 사람이 서 있었고, 시계는 스크루지가 하루 중 보통 거래소에 머무르는 시간을 가리키고 있었음에도 현관을 통해 들어가는 수많은 사람들 가운데 그와 비슷한 모습을 가진 사람은 찾아볼 수 없었다. 하지만 스크루지는 그다지 놀라지 않았다. 이미 마음속으로 사는 방식을 바꾸겠다고 결심했고, 새로운 결심을 잘 따르고 있는 자신의 모습을 볼 수 있을 거라고 생각했으며, 그럴 수 있기를 바라고 있었다.

주위는 조용하고 어두웠고, 스크루지의 곁에는 유령이 서서 손을 앞으로 뻗고 있었다. 깊은 사색에 잠겨 있다 깨어났을 때 스크루지는 유령이 내밀고 있는 손의 동작과 자신이 처해 있던 상황으로 보아, 보이지 않는 눈이 자신을 예리하게 지켜보고 있었다는 생각이 들었다. 그러자 온몸이 벌벌 떨리며 등골이 오싹해졌다.

그들은 번잡한 광경을 벗어나 스크루지가 그 열악한 상황과 악명은 익히 알고 있었지만 한 번도 가본 적이 없는 도시의 외진 구석으로 갔다. 길은 악취가 나고 좁았다. 가게와 집 들은 비참한 몰골이었고, 사람들은 헐벗고 술에 취해 있었으며, 칠칠치 못하고 추악한 모습이었다. 좁은 골목길과 아치 밑 통로들은 다른 많은 오수 구덩이들처럼 불쾌한 냄새와 쓰레기와 삶을 제멋대로 흩어진 거리들로 토해내고 있었다. 구역 전체에서 범죄의 기미가 풍겼고, 오물과 비참함으로 인한 악취가 났다.

악명 높은 이 소굴 깊숙이 옥탑 지붕 아래 좁은 처마 밑으로 불쑥 튀어나와 철, 낡은 누더기, 빈 병, 뼈다귀, 그리고 지저분한 폐품을 사들이는 가게가 있었다. 바닥에는 녹슨 열쇠며 못이며 사슬이며 경첩이며 쇠줄이며 저울이며 추 등등, 쇠로 만든 온갖 것들이 무더기로 쌓여 있었다. 자세히 들여다보고 싶을 사람이 거의 없을 비밀들이 보기 흉한 넝마와 썩은 기름 덩어리와 뼈다귀의 무덤 더미 속에서 자라나 숨겨져 있었다. 그런 물건들의 한가운데 낡은 벽돌로 만든 석탄 난로 곁에 일흔 살은 족히 되어 보이는 백발의 불한당이 앉아 있었다. 노인은 곰팡내 나는 너저분한 넝마들을 커튼 삼아

줄에 걸어 냉기를 막고 평온한 은거에 만족한 듯 파이프 담배를 피웠다.

스크루지와 유령이 노인의 면전에 막 섰을 때 한 여자가 무거운 보따리를 들고 가게 안으로 조심스럽게 들어섰다. 여자가 완전히 들어오지도 못했을 때 비슷한 꾸러미를 든 다른 여자도 안으로 들어섰다. 이 여자의 뒤로 빛바랜 검은 옷을 입은 남자가 바싹 붙어 따라 들어왔다. 남자는 여자들을 보고 깜짝 놀랐고, 서로를 알아본 여자들도 펄쩍 뛰기는 마찬가지였다. 파이프를 문 노인까지 덩달아 화들짝 놀라서 잠시나마 멍하게 얼이 빠져 있었지만 모두가 갑자기 웃음을 터뜨렸다.

"파출부가 가장 먼저라고!" 처음으로 가게에 들어선 여인이 외쳤다. "그 다음에는 세탁부 차례고. 장의사는 세 번째야. 이봐요, 조 영감, 오늘 한몫 잡은 줄 알라고요! 약속이나 한 것처럼 우리 셋이 다 이 가게로 오다니!"

"우리 가게보다 더 좋은 데가 없어서겠지." 조 영감이 파이프를 입에서 떼며 말했다. "거실로 들어오라고. 자네라면 옛날부터 대환영이지, 당신도 알겠지만 말이야. 다른 두 사람도 처음 보는 얼굴은 아니군. 가게 문을 닫을 동안 잠깐만 기다리게들. 에이, 정말 시끄럽게 삐걱거리는구먼. 가게를 탈탈 털어도 이 가게의 문 경첩 같은 고물은 안 나올 거야. 뼈다귀들도 나만큼 오래된 것은 없겠지 싶어. 하하하! 이게 아마 우리 천직인가봐. 잘 어울리잖아. 거실로 들어와. 들어오라고."

거실이라는 것은 넝마 커튼 뒤의 공간이었다. 노인은 낡은 계단 난간의 쇠막대기로 불을 들쑤시고, 파이프 자루로(밤이었으므로) 연기가 많이 나는 램프의 심지를 다듬더니 그 파이프를 다시 입에 물었다.

그러는 사이 앞서 소리쳤던 여인은 메고 있던 보따리를 바닥에 내던지고 무릎 위로 팔짱을 낀 채 다른 두 사람을 도전적으로 노려보면서 고압적인 태도로 과시하듯이 의자에 앉아 있었다.

"그게 무슨 상관이야? 그게 무슨 상관이냐고, 딜버 부인?" 그 여자가 말했다. "모든 사람에게는 저마다 제 자신을 돌볼 권리가 있다고. 그 사람도 늘 그랬는걸!"

"말이야 바른 말이지요!" 세탁부가 말했다. "그보다 더 지독한 사람은 없을걸요."

"아, 그러면 그렇게 무서운 것처럼 말똥말똥 쳐다보면서 서 있지만 말라고, 이 여편네야. 누가 더 잘났는지 지금 서로 흠을 잡으려고 하는 게 아니잖아?"

"아니지요, 아니고말고요!" 딜버 부인과 남자가 이구동성으로 말했다. "그러면 안 되지요."

"좋아!" 여자가 소리쳤다. "그러면 됐어. 이런 물건 몇 가지 없어졌다고 누가 신경이나 쓰겠느냐고. 죽은 사람이야 당연히 아무 상관도 없을 테고."

"상관없지요. 없고말고요." 딜버 부인이 킥킥거리며 대답했다.

"망할 늙은 구두쇠 영감 같으니. 죽어서도 이런 물건들을 지키고 싶었다면 왜 살았을 때 인정머리 있게 굴지 않았느냐고. 그랬으면 죽음과 맞닥뜨렸을 때 누구라도 그 영감을 돌보아주지 않았겠느냐는 거지. 혼자 외톨이로 마지막 숨을 몰아쉬게 내버려두지는 않았을 것 아니야?" 여자가 계속 말을 이었다.

"지당하신 말씀이네요." 딜버 부인이 말했다. "그 영감탱이한테 내려진 벌이지요."

"그 벌이 조금만 더 무거웠으면 좋았을 텐데." 여자가 대답했다. "다른 것에도 손을 댈 수 있었다면 더 큰 벌이 되었을 텐데. 물론이지, 그렇고말고. 조 영감님, 보따리나 풀어보시구려. 얼마나 쳐줄 건지 알려줘요. 솔직하게 말해보슈. 내 보따리를 먼저 풀어보아도 괜찮아요. 여기서 만나기 전부터도 마음대로 물건을 집어오는 것을 다 알고 있었는데, 뭘. 이건 죄도 아니야. 보따리를 풀어요, 조 영감님."

그러나 여자의 용감무쌍한 친구들은 그녀의 말을 따르려고 들지 않았다. 빛바랜 검은 옷을 입은 남자가 먼저 잽싸게 끼어들어서 훔친 물건들을 풀어놓았다. 대단할 것도 없었다. 인장 한두 개, 필통 한 개, 소매 단추 한 쌍, 그리고 그다지 값이 나가지 않는 브로치 한 개가 다였다. 조 영감은 여러 번 세심하게 물건들을 들여다보고 값을 매기더니 각각에 매긴 금액을 벽에 분필로 썼고, 더 이상 나올 것이 없자 전체 금액을 모두 더했다.

"이게 자네 걸세." 조 영감이 말했다. "나를 끓는 물에 처넣는다 해도 한 푼도 더는 못 주겠네. 다음은 누구지?"

딜버 부인이 다음이었다. 침대 시트와 수건 몇 장, 몇 번 입지 않은 옷, 구식 은제 찻숟가락 두 개, 설탕 집게 한 쌍, 그리고 부츠 몇 켤레가 나왔다. 딜버 부인이 받을 돈도 같은 방식으로 벽 위에 적혔다.

"난 늘 여자들에게는 너무 후하다니까. 그게 내 약점이고, 그것 때문에 파산할 지경이라니까." 조 영감이 말했다. "이게 자네가 받을 돈 계산이야. 한 푼이라도 더 달라고 대놓고 말한다면 이렇게 후하게 쳐준 걸 후회하고 반 크라운을 깎아버릴 테야."

"이제 내 보따리를 풀라고요, 조 영감님." 첫 번째 여자가 말했다. 보따리를 풀기 더욱 편한 자세로 바닥에 무릎을 꿇은 조 영감은 여러 번 꽁꽁 묶인 매듭을 풀고 커다랗고 무겁고 시커먼 돌돌 말린 천 꾸러미를 꺼냈다.

"이게 뭐야?" 조 영감이 말했다. "침대 커튼이잖아!"

"아, 그럼요!" 여자가 대답을 하면서 몸을 앞으로 구부리며 웃음을 터뜨렸다. "침대 커튼이고말고요!"

"설마 그 영감의 시체가 누워 있는 침대에서 커튼이랑 고리랑 그런 것들을 전부 떼어왔다는 건 아니겠지?" 조 영감이 물었다.

"왜 아니겠어요?" 여자가 대답했다. "그러면 왜 안 되는데?"

"자네는 정말이지 한몫 단단히 잡으려고 태어났구먼." 조 영감이 말했다. "분명히 한몫 잡겠어."

"손만 뻗으면 가져올 수 있는 물건이 있는데 손을 놓고 있을 순 없지 않겠수? 더더군다나 그런 영감탱이를 위해서 그럴 수는 없지.

분명히 말해두는 거예요, 조 영감님." 여자가 냉담하게 대꾸했다. "자, 담요에 기름 떨어지지 않게 조심해요."

"그 영감이 덮고 있던 담요인가?" 조 영감이 물었다.

"그럼 누구 거겠어요?" 여자가 대답했다. "이제 아마 그 담요가 없다고 추위를 타지도 않을 테고."

"영감이 전염병으로 죽은 건 아니겠지? 응?" 조 영감이 물건을 살펴보던 일손을 멈추고 올려다보면서 물었다.

"그런 걱정일랑은 안 해도 돼요." 여자가 대답했다. "그런 병에 걸렸다면 영감탱이 옆에서 좋다고 얼쩡거렸겠어요? 아, 그 셔츠 좀 눈이 쑤시도록 잘 봐요. 구멍 하나도 없고, 어디 해진 곳도 한 군데 못 찾을걸. 그 영감 셔츠 중에서 그게 제일 좋은 물건이었거든. 원체 훌륭한 물건이기도 하고. 내가 아니었더라면 사람들이 버리고 말았을 거지 뭐유."

"버리다니, 그게 무슨 말이야?" 조 영감이 물었다.

"분명히 그 영감한테 입혀서 묻었을 테니 말이에요." 여자가 웃으면서 대답했다. "어떤 바보 같은 인간이 그 영감한테 입혀놓았더라고. 그래서 내가 다시 벗겨 왔지. 옥양목 셔츠면 됐지. 그게 아니면 옥양목을 어느 짝에 쓰겠어요? 그 몸뚱이에 잘 어울리더구먼. 좋은 셔츠를 입혔다고 덜 추해 보이는 것도 아닌데 뭘."

스크루지는 질색을 하면서 이 대화를 들었다. 스크루지는 노인의 램프에서 비치는 빈약한 불빛 아래 훔친 물건을 옆에 두고 모여 앉은 이 사람들이 시체를 놓고 거래하는 무서운 악마였다 해도 이보다 더 혐오스럽고 구역질 날 수는 없었다.

"하하하!" 조 영감이 플란넬로 만든 돈 가방을 꺼내서 각자에게 나누어 줄 돈을 바닥에 놓고 세고 있는데 여자가 크게 웃음을 터뜨렸다. "이렇게 끝이 났군! 안 그래요? 살았을 때 그렇게 사람들을 몰아내더니만 결국 우리에게 좋은 일을 해주려고 그랬구먼! 하하하!"

"유령님!" 스크루지가 머리끝에서 발끝까지 덜덜 떨면서 말했다. "알 것 같습니다. 알겠어요. 이 불행한 사람은 아마 제 경우일지도 모르겠군요. 제 인생이 지금 저렇게 가고 있습니다. 자비로우신 하나님, 이게 뭐란 말입니까!"

그는 소스라치게 놀라서 뒤로 물러섰다. 어느새 장면이 바뀌어 이제 막 침대를 만질 뻔했기 때문이었다. 커튼도 없이 침대가 그대로 노출되어 있었다. 침대 위에는 누더기 시트를 머리끝까지 덮어쓴 누군가가 누워 있었다. 그것은 말이 없었지만, 무시무시한 언어로 자신의 존재를 드러내고 있었다.

방은 아주 어두웠다. 어떤 방인지 알고 싶어 견딜 수 없는 비밀스러운 충동에 무릎 꿇은 스크루지가 주위를 두리번거렸지만 너무 어두워서 아무것도 자세히 볼 수 없었다. 바깥에서 떠오르는 희미한 빛줄기 하나가 침대 위로 떨어졌다. 약탈당하고 도둑을 맞은 침대 위에는 아무도 지켜보지 않고, 아무도 울어주지 않고, 아무도 돌보지 않는 한 남자의 몸이 있었다.

스크루지는 유령을 뚫어지게 쳐다보았다. 유령의 확고한 손이 시체의 머리를 가리키고 있었다. 시트가 아무렇게나 덮여 있어서 스크루지 쪽에서 손가락 하나만 까딱 해도 시체의 얼굴이 드러날 것 같았다. 스크루지는 그렇게 하려고 생각했고, 무척이나 쉬운 일이라는 생각을 했으며, 실제로 하고자 했다. 그렇지만 자신의 옆에 선 유령을 쫓을 힘이 없는 이상으로 덮개를 당길 힘을 낼 수 없었다.

오, 차갑고, 냉담하고, 완고하고, 무시무시한 죽음이여, 여기 당신의 제단을 쌓고 이 시체에 당신의 뜻에 따라 공포의 수의를 입히소서. 이곳은 당신의 영토일지니! 그렇지만 당신의 무서운 목적을 위해 사랑받고 존경받는 명예로운 머리는 머리카락 한 올조차 건드릴 수 없을 것이고, 한 사람을 미워하게 만들 수 없을 것입니다. 그 손이 무거워 손을 놓으면 아래로 떨어지기 때문도 아니고, 심장과 박동이 멎었기 때문도 아닙니다. 그 손이 후하고 관대하고 진실했으며, 마음이 용감하고 따뜻하고 상냥했기 때문입니다. 공격하라, 어둠이여, 공격을 해보거라! 그의 선행들이 상처에서 튀어 올라와 세상에 불멸의 삶의 씨앗을 뿌리는 것을 보게 될지니!

스크루지의 귀에 이런 말을 전하는 목소리가 실제로 있었던 것은 아니지만, 침대를 바라보던 스크루지는 그 말을 들었다. 스크루지는 만약 이 사람이 지금 벌떡 일어날 수 있다면 가장 먼저 무슨 생각을 할 것인지 상상했다. 또 탐욕을 부리고, 매몰차게 행동하고, 근심 걱정을 움켜쥘 것인가? 정말이지 바로 그런 것들 때문에 이렇게 호화스러운 죽음을 맞게 되었는데!

그는 어둡고 텅 빈 집에 홀로 누워 있었다. 생전에 이런 저런 일에서 참 친절하게 대해주셨지, 한마디 따뜻한 말에 대한 추억으로 나도 그분께 다정하게 대할 테야, 하고 말할 만한 남자도, 여자도, 아이도 없었다. 고양이 한 마리가 문을 할퀴고 있었고, 벽난로 돌 아래에서는 쥐들이 앞니로 무언가를 갉아대는 소리가 들렸다. 그들이 죽은 자의 방에서 무엇을 원한다는 말인가. 그리고 왜 그렇게 불안하게 방해를 하는 것인가. 스크루지는 감히 생각조차 할 수 없었다.

"유령님!" 그가 말했다. "정말 무서운 장소입니다. 이곳을 떠나도 여기서 배운 교훈은 절대로 두고 가지 않겠습니다. 믿어주십시오. 제발 떠나십시다!"

여전히 유령은 손가락을 움직이지 않은 채 시신의 머리를 가리키고 있었다.

"무슨 말씀이신지 알겠습니다." 스크루지가 대답했다. "저도 할 수만 있다면 그렇게 하고 싶습니다. 하지만 그럴 힘이 없어요, 유령님. 그럴 힘이 없습니다."

유령이 다시 스크루지를 응시하는 것 같았다.

"이 도시 내에 이 사람의 죽음으로 어떤 감정이라도 겪은 사람이 있거든 저에게 보여주십시오, 유령님. 제발 간청드립니다!"

유령이 한순간 스크루지 앞에 검은 옷자락을 날개처럼 폈다. 그리고 옷자락을 거두어들이자 햇살이 환히 비치는 방이 드러났다. 방 안에는 어머니와 아이들이 있었다.

어머니는 방 안을 서성거리면서 누군가를 애타게 기다리고 있었다. 무슨 소리가 들릴 때마다 움찔 놀라며 창 밖을 내다보았고 초조하게 시계를 바라보았다. 하고 있던 바느질에 집중하려고 애써보았지만 헛수고였고, 놀고 있는 아이들의 목소리도 견디기 힘들 정도였다.

마침내 고대하던 노크 소리가 들렸다. 그녀는 황급히 문으로 가서 남편을 맞았다. 남편은 젊긴 했지만 근심에 찌들고 우울한 얼굴이었다. 하지만 지금은 그 얼굴에 굉장히 기쁘지만 그것이 부끄러워 억누르려고 애쓰는 표정이 적나라하게 드러났다.

그는 난롯가에 자신을 위해 준비되어 있던 식사를 하기 위해 앉았다. (오랫동안 입을 다물고 있었던) 아내가 머뭇머뭇하며 무슨 소식이 있느냐고 묻자 남편은 어떻게 대답해야 할지 몰라 당황하는 것처럼 보였다.

"좋은 소식인가요?" 아내가 거들기 위해 물었다. "아니면 나쁜 소식?"

"나쁜 소식이오." 남편이 대답했다.

"우리는 파산인가요?"

"아니오. 아직 희망이 있어요, 캐롤라인."

"그 사람 마음이 누그러졌다면 희망이 있겠지요!" 몹시 놀란 아내가 말했다. "그런 기적이 일어난다면 아직 희망이 있겠지만요."

"그 사람 마음은 누그러질 수 없게 됐어요." 남편이 말했다. "죽었거든."

얼굴이 진실을 말한다면 아내는 온화하고 인내심이 있는 사람이었다. 그렇지만 그 소식을 듣고 마음속 깊이 감사했고, 손뼉을 치며 입 밖으로 소리 내어 말하기도 했다. 바로 다음 순간 용서를 빌고 안됐다고 말하긴 했지만, 첫 번째 반응이 마음으로부터 우러나온 그녀의 진실한 감정이었다.

"어젯밤 내가 말했던 그 반쯤 취한 여자가 했던 말이 그대로 맞았소. 그 사람을 만나서 일주일만 늦춰달라고 부탁하려고 찾아갔던 거라서 그냥 나를 따돌리려는 핑계인 줄 알았는데. 몹시 아픈 정도를 넘어 죽어가고 있었던 게지."

"우리 빚은 누구에게 승계되는 건가요?"

"나도 모르겠소. 하지만 그런 일이 벌어지기 전에 돈이 준비될 거요. 그리고 혹시 준비되지 않거나 그 사람의 상속자가 또 그렇게 무자비한 빚쟁이라면 우리가 불운한 것이겠지. 어쨌든 오늘 밤은 가벼운 마음으로 잘 수 있겠소, 캐롤라인!"

그랬다. 고민이 덜어졌고, 그들의 마음은 가벼워졌다. 무슨 말인지 거의 알아듣지 못하면서도 부모 주변에 모여 입을 다물고 귀를 기울이고 있던 아이들의 얼굴도 환해졌다. 그 남자의 죽음으로 이 집은 더욱 행복해졌다! 유령이 보여줄 수 있었던 남자의 죽음이 불러일으킨 유일한 감정은 기쁨뿐이었다.

"제게 사랑받는 죽음을 보여주십시오." 스크루지가 애원했다. "그렇지 않으면 우리가 방금 떠나온 그 어두운 방을 영영 잊어버릴 수가 없을 겁니다."

유령은 스크루지가 잘 알고 있는 여러 거리를 지나며 그를 인도

했다. 그들이 걸어가는 동안에도 스크루지는 혹시 자신의 모습을 찾을 수 있을까 이리저리 두리번거렸지만 아무 데도 보이지 않았다. 그들은 초라한 밥 크랫칫의 집으로 들어갔다. 스크루지가 전에도 방문했던 곳이다. 크랫칫 부인과 아이들이 난롯가에 둘러앉아 있었다.

조용했다. 아주 조용했다. 소란스러운 어린 크랫칫 남매마저도 석상처럼 꿈쩍도 하지 않은 채 한쪽 구석에 앉아 앞에 책을 펴둔 피터를 올려다보고 있었다. 어머니와 딸들은 바느질을 하고 있었다. 그렇지만 확실히 너무 조용했다!

"어린아이 하나를 데려다가 그들 가운데 세우시고."〔마태복음 18장 2절―옮긴이〕

스크루지가 그 말을 어디서 들었더라? 그가 꿈을 꾼 것이 아니었다. 스크루지와 유령이 문지방을 넘어서는 순간 피터가 소리 내어 읽은 것이 분명했다. 그런데 왜 계속 읽지 않는 걸까?

크랫칫 부인이 바느질감을 탁자 위에 내려놓더니 손으로 얼굴을 가렸다.

"저 색 때문에 눈이 아프구나." 그녀가 말했다.

저 색 때문이라고? 아, 가엾은 꼬마 팀!

"이제 다시 괜찮아졌구나." 크랫칫 부인이 말했다. "촛불 아래서 바느질을 하려니 눈이 침침해지네. 너희들 아버지가 오셨을 때는 절대로 그런 눈을 보여드리고 싶지 않은데 말이다. 오실 때가 다 되었을 텐데."

"조금 지났어요." 피터가 책을 덮으며 대답했다. "그렇지만 요 며칠 저녁은 전보다 조금 천천히 걸어오시는 것 같아요, 어머니."

가족들은 다시 조용해졌다. 마침내 크랫칫 부인이 떨리지 않는 명랑한 목소리로 입을 열었다. 단 한 번 머뭇거렸을 뿐이었다.

"꼬마 팀을……꼬마 팀을 목말 태워 다니실 때는 정말로 걸음이 빨랐는데."

"저도 봤어요." 피터가 외쳤다. "대개 그러셨죠."

"저도 봤어요." 다른 아이도 외쳤다. 모두가 본 적이 있었다.

"그 애는 정말 가벼웠지." 크랫칫 부인이 바느질감을 응시하며 말을 이었다. "걔 아버지가 걔를 무척 사랑하시기도 했으니까. 그러니까……그러니까 전혀 힘들지 않으셨던 거야. 아버지가 집에 오셨구나!"

크랫칫 부인은 서둘러 남편을 맞으러 나갔다. 목도리를 두른ー 밥에게는 정말로 그 목도리가 필요했다. 불쌍한 사람 같으니ー몸집이 왜소한 밥이 들어왔다. 밥을 위해 마련해둔 차가 벽난로 시렁 위에 얹혀 있었고, 아이들은 모두들 밥의 시중을 가장 많이 들기 위해 애썼다. 두 꼬맹이 크랫칫 남매는 각각 아버지의 양쪽 무릎 위에 앉아 '아버지, 슬퍼하지 마세요. 마음 아파하지 마세요!'라고 말하려는 듯이 조그만 뺨을 아버지의 얼굴에 비벼댔다.

아이들 덕택에 기분이 나아진 밥은 가족들에게 상냥하게 말을 걸었다. 탁자 위에 놓인 일감을 보더니 크랫칫 부인과 딸들이 부지런하고 일을 빨리 해치운다고 칭찬했다. 일요일이 되기 훨씬 전에 일을 끝낼 수 있을 거라고 그는 말했다.

"일요일이라고요? 로버트, 그럼 오늘 가셨군요?" 크랫칫 부인이
말했다.

"그래요, 여보." 밥이 대답했다. "당신도 함께 갔더라면 좋았을
텐데. 얼마나 푸르렀는지 당신도 보았으면 기분이 좋아졌을 거요.
그렇지만 앞으로는 자주 보게 되겠지. 토요일마다 가겠다고 약속했
거든. 내 귀여운, 귀여운 아이!" 밥이 울음을 터뜨렸다. "귀여운 내
아이!"

밥이 갑자기 무너졌다. 어쩔 수 없었다. 만약 그가 어쩔 수 있었
다면 밥은 자신의 아이를 전만큼 사랑하지 않을 수 있었을 것이다.

밥은 그 방을 나와 위층에 있는 방으로 올라갔다. 방에는 밝게
불이 밝혀져 있었고 크리스마스 장식이 매달려 있었다. 아이 가까
이에 의자가 놓여 있었고, 조금 전까지 누군가가 거기 있었던 흔적
이 남아 있었다. 가엾은 밥은 의자에 앉았고, 잠시 생각을 하면서
마음을 가라앉히자 아이의 조그만 얼굴에 입을 맞췄다. 그는 아이
의 죽음에 상심한 마음을 가다듬고 짐짓 유쾌한 태도로 아래층으로
내려갔다.

가족들은 난롯가에 둘러앉아 이야기를 나누었다. 딸들과 어머니
는 여전히 일손을 놓지 않았다. 밥은 가족들에게 스크루지 씨의 조
카가 보여준 대단한 친절에 대해 이야기했다. 이제까지 한 번밖에
본 적이 없지만 그날 길에서 만나게 되었는데 밥이 힘이 없어 보이
는—알겠지만 아주 조금 기운이 없었던 것일 뿐이라고 밥이 덧붙

였다―모습을 보고 무슨 걱정거리가 있느냐고 물었다는 것이다. "지금까지 만나본 사람들 중에 가장 싹싹한 사람이라니까. 그래서 사실대로 대답했지. 그랬더니 '진심으로 유감입니다, 크랫칫 씨. 훌륭한 부인께도 충심으로 위로의 말씀을 드리고 싶군요.'라고 하더군. 그나저나 그건 어떻게 알았는지 모르겠단 말씀이야." 밥이 말했다.

"무얼 안다는 거예요, 여보?"

"왜, 저런, 당신이 훌륭한 부인이라는 것 말이오." 밥이 대답했다.

"그건 세상 사람들이 다 아는 사실인 걸요." 피터가 말했다.

"잘 말했구나, 아들아!" 밥이 외쳤다. "정말 세상 사람들이 다 알고 있었으면 좋겠다. 스크루지 씨의 조카가 그러는 거요. '훌륭한 부인께도 충심으로 위로의 말씀을 드리고 싶군요. 무엇이든 제가 도와드릴 일이 있다면 꼭 저를 찾아주십시오. 이것이 제 주소입니다.' 그러면서 명함을 주더군. 자, 그 사람이 꼭 무언가 우리를 도와줄 수 있을지도 몰라서가 아니라, 그렇게 친절하게 대해주어서 얼마나 위로가 되었는지 몰라요. 꼭 우리 꼬마 팀을 알던 사람처럼 보이더라니까. 그렇게 슬퍼하더라고." 밥이 말했다.

"정말 좋은 분이 분명하군요!" 크랫칫 부인이 말했다.

"만일 당신이 그 사람을 직접 만나고, 이야기를 해보면 그런 생각이 더 확실해질 거요. 내 말 잘 들어요. 피터에게 더 나은 일자리를 얻어준다고 해도 나는 전혀 놀라지 않을 거요."

"피터, 아버지 말씀 잘 들어라." 크랫칫 부인이 말했다.

"그러면 피터 오빠도 애인을 사귀고 연애를 하겠네." 여동생들 중 하나가 외쳤다.

"농담하지 마!" 피터가 웃으며 대꾸했다.

"농담만도 아니지." 밥이 말했다. "아직은 좀 남은 이야기겠지만, 얘들아. 그렇지만 우리 식구들이 언제 어떻게 떨어지게 되더라도 불쌍한 꼬마 팀을 잊어버릴 사람은 절대 없을 거야. 우리 식구들이 처음으로 당한 이별을 어떻게 잊을 수 있을까? 그렇지 않니?"

"절대로요, 아버지!" 아이들이 이구동성으로 외쳤다.

"그래, 그리고 언젠가 꼬마 팀이 아주, 아주 어린아이이긴 했지만 얼마나 참을성 많고 상냥한 아이였는지 떠올리면 우리 식구끼리 쉽게 말다툼을 벌이고, 그러면서 불쌍한 꼬마 팀을 잊어버리는 일도 없을 거라는 것을 이 아버지는 안다."

"절대 없을 거예요, 아버지!" 아이들이 다시 입을 모아 외쳤다.

"그래, 그 말을 들으니 행복하구나." 밥이 말했다. "암, 행복하고 말고."

크랫칫 부인이 그에게 입을 맞추었고, 딸들도, 막내 크랫칫 남매도 입을 맞추었으며, 피터는 아버지와 악수를 했다. 꼬마 팀의 영혼이여, 네 아이다운 영혼은 하나님이 내리셨구나!

"유령님." 스크루지가 불렀다. "어쩐지 우리가 헤어질 순간이 다가왔다는 생각이 듭니다. 곧 유령님과 헤어질 거라는 건 알겠지만, 어떻게 헤어지게 될지는 모르겠습니다. 이제 아까 보았던 죽은 사람이 누구인지 말씀해주시면 안 될까요?"

다가올 크리스마스의 유령은 조금 전처럼—그렇지만 조금 전과
는 다른 시간인 것 같다는 생각이 들었다. 이 미래의 영상들은 그것
이 모두 미래라는 점을 제외하면 아무런 순서가 없는 것처럼 보였
다—스크루지를 상인들이 모이는 곳으로 데려갔지만 여전히 그 자
신의 모습은 보이지 않았다. 실로 이 유령은 스크루지가 방금 말한
소망의 결말을 맺겠다는 듯이 그가 잠시만 기다려달라고 간청할 때
까지 아무 데도 멈추지 않고 곧장 앞으로 나아갔다.

"이 골목 말입니다." 스크루지가 말했다. "우리가 지금 지나가고
있는 이 골목에 제 사무실이 있습니다. 평생을 바쳐 일해온 장소이
지요. 그 사무실이 저기 보이는군요. 미래에는 제가 어떻게 하고 있
는지 잠시만 보고 갈 수 있게 해주십시오."

유령이 멈춰 섰다. 그 손은 다른 곳을 가리키고 있었다.

"사무실은 저쪽에 있는데요." 스크루지가 외쳤다. "왜 다른 곳을
가리키시는지요?"

무정한 손가락은 꼼짝도 하지 않았다.

스크루지는 서둘러 자신의 사무실 창문가로 가서 안을 들여다보
았다. 여전히 사무실이긴 했지만, 스크루지가 일하던 사무실이 아
니었다. 비품들도 예전과 같지 않았고, 의자에 앉아 있는 사람도 스
크루지가 아니었다. 유령은 전처럼 다른 곳을 가리켰다.

스크루지는 왜 자기 모습이 보이지 않을까, 어딜 간 것일까 몹시
궁금했지만 다시 유령을 따랐고, 마침내 커다란 철문 앞에 도착했

다. 스크루지는 문 안으로 들어가기에 앞서 잠시 멈춰 서서 주변을 두리번거렸다.

교회 묘지였다. 여기가 스크루지가 곧 이름을 알게 될 그 비참한 남자가 땅 밑에 드러누운 곳이었다. 그에게 딱 어울리는 장소였다. 집들에 둘러싸인 묘지에는 초목의 생명이 아니라 죽음으로 성장하는 풀과 잡초들이 웃자라 있었다. 무덤이 너무 많아서 숨이 막힐 지경이었다. 충만한 욕망이 넘치는 곳이었다. 정말이지 딱 어울리는 장소라 하지 않을 수 없었다!

유령은 무덤들 사이에 서서 한 무덤을 가리켰다. 스크루지는 덜덜 떨면서 그 무덤 쪽으로 다가갔다. 유령의 태도는 변함이 없었지만 스크루지는 그 엄숙한 모습에서 새로운 의미를 보고 공포에 몸을 떨었다.

"유령님이 가리키고 계신 묘비에 더 가까워지기 전에 한 가지만 대답을 해주십시오, 유령님." 스크루지가 말했다. "유령님이 보여주신 영상들은 앞으로 일어날 일들인가요? 아니면 앞으로 일어날 수 있는 일들일 뿐인가요?"

여전히 유령은 서 있는 자리 옆의 무덤만을 가리켰다.

"사람이 살아가는 과정은 그대로 살아간다면 어떤 종말을 맞게 될 것인지 전조가 되지요." 스크루지가 말했다. "그렇지만 그런 과정을 벗어난다면 종말도 바뀔 테지요. 그러니까 유령님이 저에게 보여주신 장면들도 그렇다고 말씀해주십시오."

유령은 전과 마찬가지로 움직이지 않았다.

스크루지는 몸을 덜덜 떨면서 그 무덤 쪽으로 다가갔다. 그리고 유령의 손가락을 따라 방치된 무덤의 묘비에서 스크루지 자신의 이름이 있는 것을 보았다. 에벤에저 스크루지.

"그 침대에 누워 있던 사람이 저란 말입니까?" 스크루지가 털썩 무릎을 꿇으며 외쳤다.

유령의 손가락은 잠시 무덤을 떠나 스크루지를 가리켰다가 다시 무덤을 가리켰다.

"안 돼요, 유령님! 아니요, 제발 아니라고 말씀해주세요!"

유령의 손가락은 여전히 그대로였다.

"유령님!" 유령의 옷자락을 꽉 움켜잡으며 스크루지가 외쳤다. "제 말을 들어보세요! 저는 이제 예전의 제가 아니란 말입니다. 오늘 밤 이런 일을 겪지 않았더라면 그렇게 살고 말았을 그런 인간이 되지 않을 거란 말입니다. 저에게 아무런 희망도 남아 있지 않다면 왜 이런 것을 보여주시는 겁니까?"

처음으로 유령의 손이 흔들리는 것 같았다.

"훌륭하신 유령님!" 스크루지는 유령 앞의 땅바닥에 온몸을 내던지고 다그치듯이 애원했다. "유령님의 본성이 저를 위해 애쓰시고 불쌍히 여기시는군요. 달라진 삶을 살면 유령님이 보여주신 이런 영상들을 바꿀 희망이 아직 남아 있다고 안심을 시켜주십시오!"

동정심 있는 유령의 손이 떨렸다.

"지금부터는 온 마음을 다해 크리스마스를 경배하고, 일 년 내내 크리스마스와 같이 살도록 노력하겠습니다. 과거 안에서, 현재 안

에서, 미래 안에서 살겠습니다. 크리스마스의 세 분 유령님들은 영원히 제 안에서 남아 있을 겁니다. 유령님들이 가르쳐주신 교훈을 절대로 침묵시키지 않겠습니다. 오, 제발 이 묘비 위의 이름을 제가 지울 수 있을 거라고 말씀해주십시오!"

스크루지는 괴로워하면서 유령의 손을 잡았다. 유령은 손을 뿌리치려고 했지만, 스크루지는 간절한 마음에 센 힘을 발휘했고 손을 놓지 못하게 붙들었다. 하지만 스크루지보다 힘이 더 센 유령은 스크루지를 물리쳤다.

마지막 애원으로 손을 높이 치켜들고 운명이 바뀌게 해달라고 애원하던 스크루지에게 두건과 의복 안에서 유령의 모습이 바뀌는 것이 보였다. 유령은 쪼그라들고 무너지면서 점점 작아지더니 마침내 침대 기둥으로 변해버렸다.

마지막 이야기

그랬다! 그리고 그 침대 기둥은 스크루지의 것이었다. 침대도 그의 것이었고, 방도 그의 것이었다. 그렇지만 그중에서도 가장 행복했던 것은 앞으로 놓인 시간이 스크루지 자신의 것이어서 잘못을 고칠 수 있을 거라는 점이었다!

"과거 안에서, 현재 안에서, 미래 안에서 살아야지!" 스크루지가 침대에서 빠져나오면서 결심을 되풀이했다. "크리스마스의 유령님 세 분은 언제까지나 내 안에 남아 있을 거야. 오. 제이콥 말리! 내가 하늘과 크리스마스를 찬양하고 있다네! 무릎을 꿇고 말일세, 옛 친구 제이콥! 무릎을 꿇고 말이야!"

스크루지는 선의로 충만한 나머지 가슴이 두근거리고 뺨에 홍조가 떠올라 쉰 목소리마저도 제대로 나오지 않았다. 유령과 그런 일들을 겪으면서 얼마나 심하게 흐느껴 울었던지 얼굴에는 아직도 눈물 자국이 남아 있었다.

"아직 뜯어가지 않았군." 스크루지가 침대 커튼 한 쪽을 와락 꺼

안으며 외쳤다. "아직 멀쩡해. 고리도 그렇고 전부 다. 전부 여기 있잖아. 나도 여기 있고. 일어났을지도 모르는 일들의 환영은 없애버릴 수 있어. 내가 없애버릴 거라고. 없어질 거라는 사실을 나는 알지, 그렇고말고!"

그러는 동안 스크루지의 손은 옷을 입느라 분주했다. 안팎을 뒤집어 입기도 하고, 위아래를 거꾸로 입기도 하고, 옷자락이 걸려서 찢어지기도 하고, 새 옷을 둔 곳을 잊어버리기도 하는 등 별별 터무니없는 짓을 다했다.

"무엇부터 먼저 해야 할지 모르겠군!" 스크루지가 웃고 울면서 외쳤다. 스크루지는 양말로 라오콘[그리스 신화에 나오는 트로이의 사제. 트로이 전쟁 때 그리스 군이 트로이 성 안에 들여보내려 한 목마의 비밀을 알아내어 반대했기 때문에 아테네 여신의 분노를 사서 두 아들과 함께 뱀에 물려 죽었다. 기원전 2세기 경에 만들어진 그 모습을 조각한 대리석 작품을 16세기 초에 미켈란젤로가 발견했으며, 헬레니즘 미술을 대표하는 걸작으로 바티칸에 소장되어 있다—옮긴이] 상을 완벽하게 흉내 냈다. "마치 깃털처럼 가볍고, 천사처럼 행복하고, 학생처럼 즐겁구나. 술 취한 사람처럼 어지럽기도 하고. 모두가 크리스마스를 즐겁게 보내기를! 모두가 새해에 복 많이 받기를! 만세! 와아! 만세!"

스크루지는 발걸음도 경쾌하게 뛰어서 거실로 들어가 섰다. 숨이 가빠졌다.

"오트밀 죽을 담았던 소스 냄비가 저기 있구나!" 소리친 스크루지는 다시 뛰기 시작하더니 벽난로 주위를 맴돌았다.

"저기 저 문으로 제이콥 말리의 유령이 들어왔었지! 현재 크리스마스의 유령님은 바로 저기 구석에 앉아 계셨고! 저 창문 너머로 떠도는 유령들을 보았어! 모든 게 맞았어. 모든 게 사실이야. 정말 있었던 일이라고. 하하하하하!"

정말이지 수십 년 동안 웃어본 적이 없는 사람치고는 최고로 화통한 웃음이었다. 스크루지는 환한 웃음 계열에서 최고라고 해도 과언이 아니었다!

"가만 있자, 오늘이 며칠인지 모르겠네!" 스크루지가 중얼거렸다. "유령님들이랑 얼마나 지냈는지를 모르겠군. 아무것도 모르겠어. 아기나 다름이 없네. 하지만 상관없어. 신경 쓰지 않는다고. 그냥 아기로 살지 뭐. 만세! 와아! 만세!"

스크루지는 여태 들어본 종소리 중에서 가장 원기 넘치는 종소리가 울리는 것을 듣고서야 어쩔 줄 몰라 하던 것을 멈췄다. 땡땡, 땡그랑, 땡그랑, 딩, 동, 댕. 댕, 동, 딩, 땡그랑, 땡그랑, 땡땡! 아, 아름다워! 아름답구나!

창으로 달려간 스크루지는 창문을 열고 머리를 내밀었다. 자욱한 안개도, 옅은 안개도 없었다. 맑고 청명한 기분 좋은 추위였다. 혈관에서 피가 춤을 출 정도의 추위였다. 햇살은 황금빛이었다. 하늘은 높았고, 공기는 달콤하고 상쾌했다. 종소리는 흥겨웠다. 아, 아름다워! 아름답구나!

"오늘이 며칠이냐?" 가장 좋은 옷을 말끔하게 차려입은 소년에게 스크루지가 외쳤다. 소년은 아마 주변을 두리번거리기 위해 빈

142

둥거리고 있었을 터였다.

"에? 뭐라고요?" 소년이 깜짝 놀란 얼굴로 되물었다.

"원, 녀석도. 오늘이 며칠이냐고." 스크루지가 다시 물었다.

"오늘이요?" 소년이 대답했다. "아니, 오늘은 크리스마스잖아요!"

"크리스마스라고!" 스크루지가 혼자 중얼거렸다. "크리스마스를 놓친 게 아니었어. 유령님들이 겨우 하룻밤 동안에 그 일들을 다 해내신 거로군. 원하시면 뭐든지 할 수 있는 분들이긴 하지. 물론 할 수 있고말고. 물론이지, 암. 애야!"

"네, 왜 그러세요?" 소년이 대답했다.

"너 한 거리 지나서 그 다음 거리 모퉁이에 있는 닭고기랑 칠면조 고기 파는 가게 아니?" 스크루지가 질문했다.

"알 것 같아요." 소년이 대답했다.

"참 영리한 아이구나!" 스크루지가 칭찬했다. "아주 똑똑해! 그 가게에 걸려 있던 그 굉장한 칠면조가 팔렸는지 혹시 알고 있니? 조그만 칠면조 말고 아주 커다란 것 말이야."

"어떤 거요? 저만큼 큰 거 말씀하시는 건가요?" 소년이 대답했다.

"정말 재미있는 녀석이구나! 저 아이랑 이야기하는 것도 즐거운 걸." 스크루지가 중얼거렸다. "그래, 그것 말이다."

"그 칠면조는 지금도 걸려 있던걸요." 소년이 대답했다.

"그러니?" 스크루지가 말했다. "그러면 가서 그 칠면조를 사다

줄 수 있겠니?"

"말도 안 돼요!" 소년은 깜짝 놀랐다.

"아냐, 아니야." 스크루지가 말했다. "진심이란다. 가서 그 칠면조를 사고, 이리로 가져오면 어디로 배달해야 할지 내가 알려주겠다고 해라. 가게 사람이랑 같이 오너라. 그러면 너에게 일 실링을 주마. 오 분 안에 돌아오면 내 반 크라운을 더 주지!"

아이는 총알처럼 달려 나갔다. 방아쇠에 손을 걸고 있던 사람이 총알을 쏘았어도 그 아이가 달려가는 속도의 반쯤이나 되었을까.

"밥 크랫칫네로 보내야지!" 연신 손을 문지르면서도 웃느라 사이사이에 손동작을 멈추던 스크루지가 낮은 목소리로 중얼거렸다. "누가 보냈는지 알지 못하겠지. 칠면조가 꼬마 팀보다 몸집이 두 배는 되지 않을까? 조 밀러[디킨스와 동시대를 살았던 희극작가―옮긴이]도 칠면조를 밥네 집으로 보내는 것보다 더 재미있는 농담은 만들지 못할 거야!"

밥 크랫칫의 주소를 적는 스크루지는 손이 떨렸지만 어떻게든 끝까지 써냈고, 칠면조 가게 점원을 위해 아래층으로 내려가 길거리로 통하는 문을 활짝 열었다. 가게 점원이 도착하기를 기다리며 거기 서 있는데 문고리가 스크루지의 시선을 사로잡았다.

"내가 살아 있는 한 이 문고리를 소중히 해야지!" 스크루지는 문고리를 토닥거리며 큰 소리로 말했다. "전에는 거의 눈여겨본 적도 없었는데. 이거야말로 정직한 표정을 하고 있구나! 정말 놀라운 문고리야! 칠면조가 왔구나. 만세! 우와! 안녕하시오? 메리 크리스마스요!"

그것은 칠면조였다! 살아 있었을 때도 절대 두 다리로 서지는 못했을 것이다. 그 정도로 컸다. 두 다리로 섰다가는 채 일 분도 안 되어 왁스로 봉한 편지 봉투가 뜯기는 것처럼 다리가 똑 부러졌을 것 같았다.

"이런 이런, 그걸 가지고 캠든 타운까지 가는 건 불가능하겠구면." 스크루지가 말했다. "마차를 타야겠는걸."

껄껄 웃으며 그렇게 말한 스크루지는 칠면조 값을 지불하면서도 껄껄 웃었고, 마차 삯을 치르면서도 껄껄 웃었고, 소년에게 심부름 값을 주면서도 껄껄 웃었고, 다시 자신의 의자에 앉아서도 숨이 가쁠 정도로 웃음을 터뜨렸으며, 마침내 너무 웃어 눈물이 나올 정도였다.

손이 계속 많이 떨렸기 때문에 면도를 하는 것도 쉬운 일이 아니었다. 사실 면도를 하는 동안에는 춤을 추지 않는다 해도 대단히 주의를 기울여야 했다. 그렇지만 면도를 하다 코끝을 베이고 말았다고 하더라도 스크루지는 그저 반창고 한 개를 붙이고 여전히 만족스러운 기분이었을 것이다.

그는 '가장 좋은 옷'을 차려입고 마침내 거리로 나섰다. 현재 크리스마스의 유령과 함께 보았던 것처럼 이 시간에는 사람들이 거리로 쏟아져 나오고 있었다. 뒷짐을 지고 걸으며 스크루지는 모든 사람들을 유쾌한 미소로 대했다. 한마디로 스크루지가 얼마나 친밀하게 상냥해 보였던지 기분이 좋은 사람들 서너 명은 스크루지에게 인사를 했다. "선생님, 좋은 아침입니다! 즐거운 크리스마스 보내십시오!" 그리고 그 후로 종종 스크루지는 여태 들어본 중에 그 인사말이야말로 그의 귀에는 가장 즐거운 소리였다고 말하곤 했다.

얼마 가지 않아 스크루지는 자기 쪽으로 다가오고 있는 풍채가 좋은 신사를 목격했다. 어제 그의 사무실에 와서 "스크루지와 말리 상회 맞지요?"라고 말했던 신사였다. 마주치면 이 나이 든 신사가 자신을 어떻게 볼지 생각하니 양심의 가책이 일었다. 그렇지만 스크루지는 자신의 앞에 놓인 길을 알고 있었고, 그 길을 선택했다.

"선생님." 발걸음을 빨리 한 스크루지가 자신의 양손으로 나이 든 신사의 두 손을 잡으며 말을 걸었다. "안녕하십니까? 어제는 성과가 있었기를 바랍니다. 정말 좋은 일을 하시고 계시군요. 즐거운 크리스마스를 보내시기 바랍니다!"

"스크루지 씨?"

"맞습니다." 스크루지가 말했다. "그게 제 이름이지요. 제 이름이 선생님께 그다지 유쾌하지 못할까봐 걱정이 되는군요. 선생님께 용서를 구하고 싶습니다. 그리고 제 부탁을 한 가지 들어주셨으면 합니다." 여기서부터 스크루지는 신사에게 귓속말로 속삭였다.

"아아!" 신사가 숨을 헐떡거리면서 외쳤다. "오, 스크루지 씨, 정말이십니까?"

"기꺼이 받아주시겠다면요." 스크루지가 대답했다. "동전 한 푼도 적지 않을 겁니다. 그 안에는 지금까지 못 낸 것들도 들어 있으니까요. 진심입니다. 제 부탁을 들어주시겠지요?"

"오, 스크루지 씨!" 나이 든 신사가 스크루지와 악수를 하며 말했다. "그렇게 아낌없이 베풀어주시다니 뭐라고 말해야 할지 알 수가 없군요. 그런 금액을……."

"부디 아무 말씀도 하지 말아주십시오." 스크루지가 대답했다. "저를 만나러 와주십시오. 만나러 와주시겠지요?"

"그럼요. 꼭 가겠습니다!" 나이 든 신사가 큰 소리로 말했다. 신사가 정말로 방문하리라는 것은 분명했다.

"고맙습니다." 스크루지가 말했다. "선생님께 신세를 지는군요. 몇 번이고 감사해도 충분치 않지요. 하나님의 가호가 선생님과 함께 하기를 빕니다!"

스크루지는 교회에도 갔고, 거리를 어슬렁거리면서 이리저리 바쁘게 왔다 갔다 하는 사람들을 지켜보고, 아이들의 머리를 쓰다듬어주기도 하고, 거지들에게 질문을 던지기도 하고, 길거리에 늘어선 집들의 부엌을 내려다보거나, 창문을 올려다보기도 했다. 모든 것이 스크루지에게는 새로운 즐거움이었다. 그는 어떤 산책으로든―다른 무엇으로든―자신이 그런 행복을 느낄 수 있으리라고는 꿈도 꿔보지 않았다. 오후에 스크루지는 발걸음을 조카의 집 쪽으로 향했다.

계단을 올라가 문을 두드릴 용기가 날 때까지 스크루지는 열 번도 넘게 그 집 문 앞을 그냥 지나쳤다. 그러나 마침내 그는 단숨에 계단을 올라갔다.

"이보게, 주인어른 집에 계신가?" 스크루지가 하녀에게 말했다. 착한 하녀였다! 아주!

"예, 선생님."

"이보게, 주인어른은 어디에 계신가?" 스크루지가 물었다.

"식당에 계십니다, 선생님. 마님과 함께 계세요. 위층으로 모실까요?"

"고맙네. 주인어른과 나는 잘 아는 사이라네." 스크루지가 이미 식당의 문손잡이에 손을 올린 채 말했다. "그러니 그냥 식당으로 들어가겠네."

스크루지는 조용히 손잡이를 돌리고 문 너머로 얼굴을 살며시 들이밀었다. 조카와 조카며느리는 (굉장하게 차려진) 식탁을 바라보고 있었다. 이런 젊은 주부들은 언제나 그런 점에 예민하고, 모든 것이 제대로 준비되어 있는지 끊임없이 확인하고자 하는 법이다.

"프레드!" 스크루지가 불렀다.

불쌍하기도 하지. 스크루지의 조카며느리가 얼마나 놀랐는지! 스크루지는 잠시나마 조카며느리가 방 한쪽 구석에서 발걸이에 발을 올려놓은 채 앉아 있었다는 것을 깜빡 잊어버렸던 것이다. 그렇지 않았다면 절대로 그렇게 놀라게 하지 않았을 것이다.

"이럴 수가!" 프레드가 외쳤다. "이게 누구십니까?"

"나란다. 네 삼촌 스크루지다. 식사를 하러 왔단다. 프레드, 들어가도 되겠니?"

들어가도 되겠냐고? 팔이 떨어지지 않은 것이 다행이었다. 스크루지는 오 분도 안 되어 집에 온 것처럼 편안해졌다. 더할 나위 없는 극진한 환대였다. 조카며느리도 남편과 마찬가지인 것 같았다. 토퍼가 왔을 때도 마찬가지였다. 토실토실한 처제가 왔을 때도 마찬가지였다. 모든 초대 손님들이 마찬가지로 기뻐했다. 정말 멋진 파티였고, 재미있는 놀이였고. 모두의 마음은 놀라울 정도로 하나로 모였다. 노오올라아아우우운 행복이었다!

그렇지만 스크루지는 다음 날 아침 일찍감치 사무실에 출근했다. 오, 정말 일찍부터 사무실에 나와 있었다. 먼저 도착해서 밥 크랫칫이 지각하는 것을 잡는 거야! 그것이 스크루지가 마음속에 세워둔 계획이었다.

그리고 스크루지는 해냈다. 그렇다, 해내고야 말았다! 시계가 아홉 시를 쳤다. 밥은 도착하지 않았다. 십오 분이 지났다. 밥의 모습은 보이지 않았다. 밥은 출근 시간에서 꼬박 십팔 분 하고도 삼십 초를 지각했다. 스크루지는 밥이 감방 같은 장소로 들어가는 것을 보기 위해 자신의 사무실 문을 활짝 열어놓았다.

밥은 문을 열기도 전에 모자와 목도리부터 벗었다. 밥은 후다닥 의자에 앉더니 아홉 시를 따라잡기라도 하려는 것처럼 미친 듯이 펜을 놀렸다.

"이봐!" 스크루지는 가능한 한 예전의 목소리에 가깝게 으르렁거리려고 애썼다. "이 시간에 출근하다니 도대체 어쩌자는 건가?"

"정말 죄송합니다." 밥이 말했다. "제가 그만 지각하고 말았습니다."

"자네가?" 스크루지 되풀이했다. "그래. 내 생각에도 자네가 그런 것 같군. 이쪽으로 와보게."

"일 년에 단 한 번뿐이었습니다." 밥이 감방 같은 사무실에서 나오면서 애원했다. "다시는 그런 일이 없을 겁니다. 어제 너무 흥겹게 보냈나봅니다."

"자, 이보게, 자네에게 할 말이 있네." 스크루지가 말했다. "나는 이제 이런 식으로 사는 것을 참을 수가 없어졌어. 그래서 말인데." 스크루지가 의자에서 펄쩍 뛰어내려 밥의 조끼를 세게 찔러 감방 같은 사무실로 뒷걸음질치게 만들며 말을 이었다. "그래서 말인데, 자네의 월급을 올려주도록 하겠네!"

밥은 덜덜 떨면서 좀 더 자로 가까이 접근했다. 순간적으로 그는 자로 스크루지를 때려눕혀야겠다는 생각이 들었다. 그렇게 해서 스크루지를 붙잡은 다음 골목길로 나가서 도움을 청하고 구속복〔폭력적인 사람의 행동을 제한하기 위해 팔을 꽉 묶는 데 사용되는 긴팔 재킷―옮긴이〕을 가져다 달라고 해야겠다고 생각했다.

"밥, 즐거운 크리스마스 보냈나?" 스크루지가 밥의 등을 툭 치며 오해할 수 없는 진정을 담은 음성으로 말했다. "앞으로는 오랫동안 내가 자네에게 허락했던 것보다 더욱 즐거운 크리스마스가 되었으면 하네, 밥. 자네의 월급을 올리고, 고생하는 자네 가족을 도울 수 있도록 노력하고 싶네. 바로 오늘 오후부터 크리스마스용으로 김이 나게 따뜻하게 데운 포도주를 한 잔 하면서 자네 일을 의논해보자고, 밥! 불을 더 피우고 한 자 더 쓰기 전에 석탄부터 한 통 사오라

고, 밥 크랫칫!"

스크루지는 자신의 말보다 더욱 많은 것을 베풀었다. 자신이 했던 약속을 모두 실천했고, 더욱더 나아가 헤아릴 수 없이 많은 것을 베풀었다. 그리고 죽지 않은 꼬마 팀에게도 스크루지는 두 번째 아버지나 다름없었다. 스크루지는 좋은 친구, 좋은 스승, 좋은 사람으로 런던이나 다른 도시들이나 다른 지역이나 온 세상에 이름이 알려졌다. 어떤 사람들은 스크루지가 바뀐 것을 보고 비웃기도 했지만, 스크루지는 그들이 비웃게 내버려두고 거의 관심을 두지 않았다. 이 세상에는 처음에 비웃는 사람들이 없이 시작된 선행은 없다는 것을 알 만큼 스크루지가 현명했기 때문이었다. 어찌 되었든 이런 사람들은 장님이라는 것을 알았기에 덜 매력적인 모습으로 병폐를 끼치기보다는 웃느라 눈가에 주름이 잡히는 것이 낫겠다고 스크루지는 생각했다. 이제 스크루지 자신의 마음이 기뻐서 웃고 있었다. 그리고 스크루지에게는 그것으로 충분했다.

스크루지는 다시 유령을 만나지는 않았지만, 그 후로도 내내 절대적인 금욕의 원칙을 지키며 살아갔다. 그리고 사람들은, 세상 사람들 중에 크리스마스를 잘 지내는 방법을 아는 사람이 있다면 그게 바로 스크루지라고들 이야기했다. 우리도 진정으로 그런 말을 들을 수 있기를! 우리들 모두가! 그리고 꼬마 팀이 말했던 것처럼, 하나님이 우리 모두를 축복하시길!

2

크리스마스 잔치

크리스마스 잔치

크리스마스다! 크리스마스를 떠올려도 가슴에 즐거운 감정이 일지 않고, 유쾌한 생각이 들지 않는 사람은 실로 염세주의자일 게 분명하다. 크리스마스가 예전과 같지 않다고 말하는 사람들도 있을 것이다. 그런 사람들은 매해 돌아오는 크리스마스마다 지난해의 행복한 전망이나 소중히 품었던 희망이 희미해졌거나 쇠퇴해버린 것을 깨닫고, 현재는 몰락한 형편과 쪼들리는 수입만을 겨우 떠올릴 뿐이다. 또 전에 허울뿐인 친구들을 위해 열었던 잔치를 떠올리고 지금 만나게 되는 것은 불행과 불운에 빠진 냉담한 얼굴들뿐이라고 말한다. 그런 우울한 회상에는 신경을 쓰지 마라. 너무 오래 살아 기억이 희미해진 게 아니라면 그런 회상은 일 년 중 어느 날이든 불러낼 수 있다. 그렇다면 삼백육십오 일 중에서 가장 잔치 분위기인 이때에 서글픈 기억을 떠올리지 말고 장작불이 활활 타오르는 난롯가로 의자를 끌어당길 것이며, 잔을 채우고 돌아가면서 노래를 부르라. 당신의 방이 십이 년 전보다 작아졌거나, 잔에 샴페인 대신

술 냄새가 지독한 펀치가 들어 있다 해도 웃어넘기고 바로 잔을 비운 다음 다시 한 잔을 따르고, 전에 부르곤 했던 노래를 명랑하게 부르며 더 나쁘지 않은 것을 하나님께 감사드리라. 난롯가에 앉은 자녀들의 명랑한 얼굴을 지켜보라. 조그만 의자 한 개가 비었을지도 모른다. 아버지의 마음을 기쁘게 하고 어머니의 자부심을 불러일으키던 자그마한 형체 하나가 없을지도 모른다. 과거에 머무르지 마라. 단 일 년 전에 뺨에 건강한 홍조를 띠고 기쁨에 찬 눈에 어린 아이다운 무의식적인 즐거움을 담고 당신 앞에 앉아 있었지만 이제는 먼지로 돌아간 그 사랑스러운 아이는 생각하지 마라. 누구에게나 한두 가지는 있는 과거의 불행이 아니라 누구에게나 넘치는 현재의 축복을 돌아보라. 명랑한 얼굴과 만족한 마음으로 잔을 다시 채우라. 누구나 불행을 한두 가지는 겪게 마련이다. 하지만 당신의 크리스마스는 흥겨울 것이고, 행복한 새해를 맞이할 것이다.

일 년 중 이때에 그 누가 풍부하고 솔직하게 주고받는 다정한 애정과 넘쳐나는 호의에 둔감할 수 있겠는가? 크리스마스 가족 잔치! 실로 그보다 더 즐거운 것을 우리는 알지 못한다! 크리스마스라는 이름 자체에 마법이 있는 것 같다. 좀스러운 질투와 불화는 잊히고 오랫동안 소원하게 지낸 사람들에 대한 다정한 감정이 마음속에서 깨어난다. 지난 여러 달 동안 만나도 시선을 피하거나 냉담한 표정으로 겨우 인사만 하고 지나쳤던 아버지와 아들, 형제와 자매들이 얼굴을 내밀고, 따뜻하게 포옹하고, 과거의 반목을 현재의 행복 속에 묻는다. 서로를 그리워했지만 자부심과 자기 존엄성을 잘못 생각했기 때문에 머뭇거리다 다시 화목해졌다는 것을, 결국은 친절과 인정이라는 것을 마음에 새기라. 크리스마스가 일 년 내내 계속되어서 적어도 소원해져서 안 될 사람들 사이에서는 우리의 훌륭한 본성을 비틀리게 하는 편견과 격노가 절대 요동치지 않았으면.

우리가 말하는 크리스마스 가족 잔치는 한두 주 전에 준비를 시작하고, 올해 처음 시작해서 과거에도 그런 선례가 없고 다음 해에도 되풀이되지 않을 법한 단순한 친척들의 회합이 아니다. 그것은 어리거나 나이가 많거나, 부유하거나 가난하거나 참석 가능한 모든 가족들이 모이는 연례 모임이며, 아이들 모두가 기대에 부풀어 적어도 두어 달 전부터 고대한다. 전에는 항상 할아버지의 집에서 열렸지만, 할아버지도 할머니도 늙어가면서, 그리고 건강이 좋지 않아지면서 살림살이를 포기하고 조지 삼촌의 집으로 들어갔다. 그래서 파티는 늘 조지 삼촌의 집에서 열리지만, 할머니는 여전히 가장 좋은 것들을 준비하고 할아버지는 늘 뉴게이트 시장까지 칠면조를 사러 뒤뚝뒤뚝 걸어간다. 할아버지는 짐꾼을 고용해 뒤에 딸리고 의기양양하게 칠면조를 가져와 짐꾼에게 보수 외에도 "즐거운 크리스마스와 행복한 새해"라고 인사하며 조지 숙모를 위해 건배를 들라고 독한 술 한 잔을 대접해야 한다고 우길 것이다. 할머니로 말할 것 같으면 앞서 이삼 일 동안은 굉장히 비밀스럽고 신비스럽게 행동하시지만, 하인들 하나하나를 위해 분홍색 리본이 달린 멋진 새 모자를 준비하고, 더 어린 축을 위해서는 갖가지 책과 주머니칼과 필통을 샀다는 소문이 떠도는 것을 막지는 못한다. 조지 숙모가 패

스트리 가게에 원래 주문했던 것에 정찬을 위한 고기파이 열두 개와 아이들을 위한 커다란 자두 케이크 한 개를 추가로 비밀스럽게 덧붙인 것은 말할 것도 없다.

크리스마스이브에 할머니는 늘 기분이 아주 들떠서 낮에 아이들을 불러 모아 자두 등의 씨앗을 발라내게 한 다음 매년 조지 삼촌에게 부엌으로 내려와 코트를 벗고 푸딩을 삼십여 분 동안 저으라고 고집하신다. 삼촌은 기분 좋게 할머니의 말씀을 듣고, 아이들과 하인들은 기뻐서 왁자지껄하다. 그리고 그날 저녁은 즐거운 술래잡기 게임으로 끝을 맺는데, 할아버지는 기막힌 솜씨를 선보이려고 초반에 잡혀 술래가 되기 위해 무진 애를 쓰시곤 한다.

다음 날 아침 나이 든 부부는 신도석에 간신히 앉을 수 있을 만큼 많은 아이들과 함께 신이 나서 교회에 간다. 집에 남은 조지 숙모는 디캔터의 먼지를 떨고 양념병들을 채우며, 조지 삼촌은 술병을 특별한 날에 쓰는 식당으로 가져오고 코르크 마개 따개를 가져오게 하면서 모두를 위해 정찬 준비를 한다.

교회에 갔던 무리가 점심을 먹으러 돌아오면 할아버지는 주머니에서 작은 겨우살이나무 가지를 꺼내고 그 아래에 있는 어린 사촌들에게 키스를 하라고 소년들을 부추기신다. 소년들과 나이 든 신사에게는 무한히 만족스럽지만 할머니의 예절관에는 벗어나는 놀이를 계속하다 할아버지도 겨우 열세 살하고 삼 개월이었을 때 겨우살이나무 아래에서 할머니에게 키스했다는 이야기를 꺼내면 아이들은 손뼉을 치고 거리낌 없이 웃음을 터뜨린다. 그건 조지 숙모와 조지 삼촌도 마찬가지이다. 할머니도 어쩔 수 없다는 듯 즐겁게 웃으며 할아버지는 언제나 뻔뻔스러운 악동이었다고 말하자 아이들은 다시 마음으로부터 거리낌 없는 웃음을 터뜨린다. 그 가운데 누구보다 박장대소하는 사람은 할아버지이다.

하지만 이런 모든 오락도 높은 모자를 쓰고 청회색 비단 드레스를 입은 할머니와 아름답게 주름 장식을 단 셔츠를 입고 흰색 넥타이를 맨 할아버지가 나란히 앉아 조지 삼촌의 아이들과 셀 수 없이 많은 어린 사촌들을 앞에 앉히고 안절부절못하며, 예상되는 손님들을 기다릴 때의 두근거림에 비하면 아무것도 아니다. 갑자기 사륜마차가 멈추는 소리가 들리고, 창문 밖을 내다보고 있던 조지 삼촌이 "제인이다!"라고 외친다. 아이들은 문으로 달려가 우당탕 법석을 떨며 허둥지둥 계단을 뛰어 내려간다. 로버트 이모부와 제인 이모와 사랑스러운 아기와 유모와 아이들에게서 떠들썩한 탄성이 터져 나오고, 아기를 다치게 하지 말라는 주의를 유모가 빈번하게 되풀이하는 가운데 그들은 집 안으로 안내된다. 그리고 할아버지가 아이를 받아들고, 할머니는 딸인 제인 이모의 이마에 키스를 하는 등 이 첫 손님들의 등장으로 인한 소동이 간신히 가라앉을까 말까 하는 무렵 다른 이모들과 삼촌들이 사촌들을 더 많이 데리고 도착한다. 성인이 된 사촌들은 서로 시시덕거리고, 어린 사촌들도 마찬가지로 놀면서 이야기하고 웃고 흥겹게 떠드는 왁자지껄한 소음밖에 들리지 않는다.

일순간 대화가 멈췄을 때 길 쪽으로 난 현관문을 망설이듯 두 번

노크하는 소리가 들리자 모두가 "누구지?" 물으며 흥분한다. 창문가에 서 있던 아이들 두세 명은 낮은 목소리로 "가난한 마거릿 이모"가 왔다고 알린다. 그 말에 조지 숙모는 새 손님을 환영하기 위해 방을 나선다. 할머니가 뻣뻣하고 당당한 자세로 고쳐 앉는 것은 마거릿이 할머니의 허락도 받지 않고 가난한 남자와 결혼했기 때문이다. 가난도 그 괘씸함에 대해 충분한 벌이 되지 못했지만, 그 가난 때문에 그녀는 친구들에게서 버림받고 가장 사랑하는 친척들의 사회에서도 배척당했다. 하지만 크리스마스가 돌아왔다. 일 년 중 다른 때에는 더 나은 감정과 싸웠던 박정함이지만, 오늘은 아침의 태양 아래 반쯤 녹은 얼음처럼 온화한 영향 앞에 사르르 녹았다. 화가 났을 때 부모가 불효한 자식을 비난하는 것은 어렵지 않지만, 온정이 흐르는 이 시기에 수많은 크리스마스마다 그녀가 둘러앉았던 유쾌한 벽난로에서 내치는 것은 전혀 다른 문제였다. 벽난로 앞에서 보낸 어린 시절부터 소녀기까지의 추억이 천천히 전개되다가 눈 깜빡하는 사이에 마거릿은 갑자기 발랄하고 아름다운 아가씨가 되었다. 노부인이 가장하고 있는 냉담한 용서와 의식적인 엄격한 분위기에 그녀는 몹시 괴롭다. 가난은 견딜 수 있었지만 과도한 무시와 부당한 불친절을 의식해서 표정이 창백해지고 풀이 죽은 불쌍한 아가씨가 올케 언니에게 이끌려 들어올 때 얼마나 그녀가 괴로워했는지 쉽게 알 수 있다. 잠시 망설이던 아가씨는 갑자기 올케 언니를 뿌리치고 흐느껴 울면서 어머니에게 몸을 던져 목을 껴안는다. 아버지는 서둘러 한 발 앞으로 나서 사위의 손을 잡는다. 친구들이 주

160

위에 몰려들어 진심으로 축하를 전하고 다시 행복과 조화가 분위기를 압도한다.

정찬으로 말할 것 같으면 완벽하게 즐겁게 진행된다. 잘못된 건 아무것도 없고, 모두가 최상의 기분이며, 스스로 즐기고 다른 사람들을 즐겁게 할 마음이 넘친다. 할아버지가 칠면조를 구입한 정황을 설명하다가 지난 크리스마스에 샀던 예전 칠면조들에 대한 이야기를 하느라 삼천포로 빠지면 할머니가 상세한 사항을 보충 설명한다. 조지 삼촌은 이야기를 늘어놓고, 칠면조를 자르고, 와인을 가져오고, 보조 탁자에 앉은 아이들과 농담을 주고받고, 키스나 포옹을 하거나 당하는 사촌들에게 윙크를 하고, 멋진 유머와 환대로 모두의 기분을 들뜨게 한다. 그리고 마침내 건장한 하인이 꼭대기에 호랑가시나무 가지를 꽂은 어마어마하게 큰 푸딩을 휘청거리며 가져올 때 들리는 웃음과 비명과 통통한 작은 손으로 치는 박수와 짧은 다리로 의자와 탁자를 차는 소음에 필적할 만한 것은 다진 고기 파이에 불을 붙인 브랜디를 붓는 놀라운 묘기를 본 젊은 손님들이 치는 박수 소리밖에 없다. 그 다음은 디저트와 와인과 오락이다! 사람이 괜찮아 보이는 마거릿 이모의 남편이 할머니에게 매우 공손하고, 무척이나 아름다운 이야기와 노래를 한다. 할아버지조차 매년 부르던 노래를 부르는데 예년에 비할 수 없는 힘찬 목소리이다. 게다가 늘 그렇듯이 만장일치로 재청을 받아 부르시는 노래는 정말 새로운 것이어서 할머니 말고는 아무도 들어본 적이 없는 노래다. 그리고 친척들 방문을 게을리 하고 노상 버튼 에일[19세기에 영국에

161

서 유행한 맥주 종류—옮긴이]만 마셔대서 극악한 태만과 위반의 죄로 어른들의 눈 밖에 난 망나니인 젊은 사촌 하나가 여태 들어본 적이 없을 정도로 별나게 우스꽝스러운 노래를 자진해서 불러 모두를 포복절도하게 만든다. 그렇게 우호적이고 기분 좋은 분위기가 이어지며 흘러간 저녁은 지금까지 모든 성인들이 썼던 그 어떤 설교보다도 더 파티에 참석한 모든 사람에게 이웃을 위한 연민을 일깨우고 다음 한 해 동안 다른 사람들에 대한 호의를 간직하게 만든다.

독자들의 마음에 꼭 상기시키고 싶은 크리스마스에 관계된 연상이 백 가지는 된다. 그 모습을 자세히 묘사하는 것으로도 즐거움을 선사할, 크리스마스와 떼려야 뗄 수 없는 익살스러운 사람들이 백 명은 된다. 하지만 독자 하나하나에게, 그리고 여러분 모두에게 인사를 전하며 이 이야기를 맺는 것이 제일 낫겠다.

"즐거운 성탄절 보내시고 새해 복 많이 받으세요."

3

교회지기를 홀린 고블린 이야기

교회지기를 홀린 고블린 이야기

옛날 옛적―이 일이 있었던 것은 굉장히 오래전으로 우리 조상들이 철석같이 믿었던 것을 보면 사실인 게 분명하다―우리나라의 오래된 대수도원이 있는 한 마을에 교회지기이자 교회 묘지에서 무덤을 파는 일꾼으로 살아가는 가브리엘 그럽이라는 남자가 있었다. 교회지기라 늘상 인간이 필멸의 존재라는 것을 상징하는 무덤에 둘러싸여 살아가는 사람이라고 해서 반드시 성미가 까다롭고 우울한 사람이 되는 것은 아니다. 장의사는 세상에서 가장 명랑한 족속이다. 나는 한때 벙어리와 친하게 지낸 적이 있다. 그 사람도 일을 하지 않을 때면 장애 따위는 전혀 생각하지 않았고, 희희낙락 노래를 부르는 꼬맹이처럼 재미있고 익살맞게 굴거나 숨도 쉬지 않고 독주를 벌컥벌컥 마셔댔다. 하지만 이런 반대 경우들에도 불구하고 가브리엘 그럽은 성격이 나쁘고, 심술궂은데다, 부루퉁한 사람이었다. 그는 까다로운 성미에 아무와도 어울리지 않고 쓸쓸하게 혼자서만 지내며 늘 커다란 코트 깊숙이 넣어두는 고리버들로 만든 오래된 술병만을 벗 삼았고, 그를 지나치는 즐거운 얼굴들을 언짢은 기분과 악의로 심하게 찡그린 표정으로 보곤 했다. 그보다 더 그의 기분을 나빠지게 만드는 것은 찾기 어려울 정도였다.

어느 크리스마스 이브였다. 자정이 되기 조금 전에 가브리엘은 삽을 어깨에 지고, 등불을 밝힌 다음 오래된 교회 묘지로 갔다. 내일 아침까지 무덤을 파두어야 했기 때문이었다. 그는 굉장히 기분이 나빴기 때문에 바로 무덤을 파는 일을 시작한다면 기분이 좀 나아질지도 모르겠다고 생각했다. 목적지로 가는데 오래된 거리 위쪽에서 낡은 여닫이창을 통해 활활 불이 타는 모습이 보였고, 한데 모인 사람들이 기쁘게 소리치며 요란하게 웃는 소리가 들렸다. 가브리엘 그럽은 다음날 축하 잔치를 벌이기 위해 떠들썩하게 준비하는 소리에 주의를 빼앗겼고, 뒤이어 부엌 창문의 유리창에 김을 서리게 만들면서 공기 중에 모락모락 풍겨오는 여러 가지 맛있는 냄새를 맡았다. 그 모든 것이 가브리엘 그럽의 마음에는 몸서리쳐지게 싫었다. 집집마다 뛰쳐나온 아이들이 경쾌하게 길을 건너 서로 만났고 반대편 집의 문을 두드리기도 전에 곱슬머리 사내아이들 대여섯 명이 뛰어나와 즐거운 크리스마스 게임을 하며 저녁을 보내려고 무리지어 계단을 올라오는 아이들을 에워싸는 모습에 가브리엘 그럽은 홍역, 성홍열, 아구창, 백일해 등 이외에도 생각만으로도 기분이 좋아지는 온갖 질병들을 떠올리며 오싹한 웃음을 짓고 메고 있던 삽의 손잡이를 더욱 꽉 움켜잡았다.

이런 행복한 생각을 하면서 가브리엘은 이따금 스쳐 지나가는 이

웃들이 건네는 기분 좋은 인사에 음침하게 으르렁거리며 짧게 대꾸하고 교회 묘지로 이어지는 어두운 골목까지 기분 좋게 활보했다. 이제 가브리엘은 그 어두운 골목길에 한시바삐 도착했으면 했다. 솔직히 말해 교회 묘지가 제대로 음침하고 암울한 곳에 있어서 마을 사람들은 환한 대낮에 햇살이 빛날 때가 아니면 좀처럼 묘지에 오려 하지 않기 때문이었다. 그래서 대수도원과 머리를 박박 민 수도승이 있던 시절부터 '관의 거리'라는 이름으로 불리어온 이 피신처에서라면 멋대로 돌아다니는 장난꾸러기 꼬맹이들이 즐거운 크리스마스 운운하며 기쁨에 차서 불러재끼는 노래 따위를 듣지 않을 수 있었다. 가브리엘이 걸을수록 한 목소리가 가까워졌다. 그는 구시가에서 벌어지는 작은 잔치에 끼려고 길을 서두르는 꼬맹이가 시끄럽게 노래를 부르는 모습을 발견했다. 아이는 심심하기도 했지만, 무섭기도 했기 때문에 폐를 최대한 쥐어짜서 큰 소리를 노래를 불렀다. 가브리엘은 아이가 가까이 올 때까지 모퉁이에 숨어 기다렸다가 아이를 붙잡고 들고 있던 등으로 머리를 대여섯 차례 갈겼다. 그저 목소리를 낮추라는 이유였다. 아이가 머리를 움켜쥐고 황급히 도망가며 앞서 부르던 기쁜 노래와는 전혀 다른 슬픈 비명을 지르자 가브리엘 그럽은 만족스럽게 킬킬 웃으며 교회 묘지에 들어가 문을 잠갔다.

그는 코트를 벗고, 등불을 내려놓은 다음 다 파지 못한 무덤구덩이로 들어가 한 시간가량 전심전력을 다해서 땅을 팠다. 하지만 땅이 얼어 있어 흙덩이를 부수어 가면서 파기가 쉽지 않았다. 하늘에

167

달이 떠 있긴 했지만 초승달이어서 교회 그림자에 가린 무덤에는 달빛도 거의 들지 않았다. 다른 때라면 이런 광경에 굉장히 울적해지고 비참한 기분이 들었겠지만 오늘은 꼬마의 노랫소리를 멈추게한 것이 무척 즐거웠기 때문에 가브리엘 그럽은 일이 잘 진척되지 않아도 그다지 신경이 쓰이지 않았다. 그날 밤 해야 할 일을 다 마쳤을 때 그는 무덤을 내려다보고 음침한 만족감에 젖어 도구를 챙기며 웅얼거렸다.

누군가가 잠들 훌륭한 잠자리, 누군가가 잠들 훌륭한 잠자리라네.
생명이 다해 차가운 땅 몇 피트 아래 묻히면
머리맡에도 돌멩이 하나, 발치에도 돌멩이 하나.
벌레들은 풍요롭고 즙 많은 성찬을 즐기겠네.
머라 위에는 풀이 무성하고 사방에는 습기 머금은 축축한 흙이 있지.
신성한 땅 속, 여기는 누군가가 잠들 훌륭한 잠자리라네!

"하! 하!" 가브리엘 그럽은 가장 좋아하는 쉼터인 평평한 비석 위에 앉아 고리버들 술병을 꺼내며 웃음을 터뜨렸다. "크리스마스에 관 하나라! 크리스마스 선물 상자로군! 하! 하! 하!"

"하! 하! 하!" 그의 바로 뒤에서 따라하는 목소리가 들렸다.

가브리엘은 깜짝 놀라 입으로 고리버들 술병을 가져가던 움직임

을 멈추며 주변을 둘러보았다. 근처의 가장 오래된 묘지 바닥은 창백한 달빛 아래 교회 묘지처럼 고요하고 아무런 움직임도 없었다. 새하얗게 얼어붙은 서리가 비석들마다 반짝였고 오래된 교회의 석조 장식들 사이에서 보석처럼 빛을 발했다. 땅을 덮은 눈은 단단하게 얼어 봉분 위에 두텁게 펼쳐져 있었다. 어찌나 하얗고 매끄럽게 덮였던지 하얀 이불보로만 올록볼록하게 감싼 시체들이 누워 있는 것처럼 보였다. 사방은 쥐죽은 듯 고요했고 그 엄숙한 광경이 자아내는 깊은 고요를 깨뜨릴 만한 것은 옷깃 스치는 소리 하나 없었다. 너무나 춥고 조용해서 소리 자체가 얼어붙은 것 같았다.

"메아리였나 보군." 가브리엘 그럽은 다시 술병을 입으로 가져가며 말했다.

"메아리가 아니다." 굵고 낮은 목소리가 들렸다.

가브리엘은 깜짝 놀라 벌떡 일어났지만 놀람과 공포로 발에 뿌리가 내린 듯 그 자리에서 움직일 수 없었다. 그의 눈에 들어온 형상에 피가 얼어붙는 것 같았다.

그의 가까이에 있는 똑바로 곧추선 비석 위에 앉아 있는 것은 지상에 있을 법 하지 않은 이상한 형체였다. 가브리엘은 한눈에 그것이 이 세상의 것이 아니라는 것을 알아차렸다. 땅에 닿을 정도로 기이하게 긴 다리를 위로 젖혀 이상하고 기묘한 방식으로 꼬고 앉은 형체는 근육이 우람하게 잡힌 팔뚝의 맨살을 드러내고, 손은 무릎 위에 올려놓고 있었다. 땅딸막한 몸에는 여기저기가 터진 꼭 맞는 옷을 걸쳤고, 등에는 짧은 망토가 달랑거렸다. 칼라는 주름 장식 옷

170

깃이나 스카프를 대신하려는 모양인지 이상한 모양으로 뾰족뾰족하게 잘려져 있었고, 신발은 발가락이 있는 데에서 길게 말려 올라간 모양이었다. 그는 깃털 한 개로 장식을 한 원뿔 모양의 챙이 넓은 모자를 쓰고 있었다. 새하얀 서리로 장식한 모자를 쓴 고블린은 이삼백 년은 족히 그 비석 위에서 지낸 것처럼 잘 어울려 보였다. 그는 꼼짝도 하지 않고 비석 위에 앉아 가브리엘 그럽을 비웃는 것처럼 혀를 날름거렸다. 그렇게 히죽히죽 웃고 있는 모습에 가브리엘 그럽은 고블린밖에 떠올릴 수 없었다.

"메아리가 아니다." 고블린이 말했다.

가브리엘 그럽은 뻣뻣하게 얼어서 아무런 대꾸도 할 수 없었다.

"크리스마스이브에 너는 여기서 뭘 하고 있는 게냐?" 고블린이 무섭게 물었다.

"무, 무덤을 파러 왔습니다요." 가브리엘 그럽은 말을 더듬었다.

"이런 날 밤에 교회 묘지와 무덤들 사이를 배회하는 자가 어떤 녀석인가?" 고블린이 말했다.

"가브리엘 그럽! 가브리엘 그럽!" 열광적으로 떠들어대는 목소리들은 교회 묘지를 가득 채운 것 같았다. 가브리엘은 두려움으로 벌벌 떨면서 주변을 둘러보았지만 아무것도 보이지 않았다.

"그 병에 든 것은 뭐지?" 고블린이 말했다.

"네덜란드 진입니다요." 교회지기는 아까보다 더욱 떨면서 대답했다. 밀수업자에게서 술을 산 그는 이 심문자가 고블린들의 주류세금 담당 관청에서 나왔을지도 모른다고 생각했기 때문이었다.

171

"크리스마스이브에 교회 묘지에서 혼자서 네덜란드 진을 마시는 자가 누구인가?" 고블린이 말했다.

"가브리엘 그럽! 가브리엘 그럽!" 다시 한 번 목소리들이 열광적으로 외쳐댔다.

고블린은 악의를 담은 심술궂은 시선으로 공포에 사로잡힌 교회지기를 곁눈질하더니 목소리를 높여 외쳤다.

"그렇다면 우리가 정당하고 합법적인 상금으로 받을 자는 누구인가?" 고블린이 말했다.

이 질문에 대꾸하는 보이지 않는 목소리들의 노래는 여러 합창단원들이 오래된 교회 오르간에서 힘찬 연주음에 맞춰 부르는 것처럼 미풍에 실려 교회지기의 귓가에 닿았다가 그 부드러운 숨결이 스쳐지나가며 사라지는 듯한 음조였다. 하지만 반복하는 후렴의 내용은 전과 다르지 않았다. "가브리엘 그럽! 가브리엘 그럽!"

고블린은 전보다도 더 이를 드러내고 히죽거리며 말했다. "자, 가브리엘, 자네는 어떻게 생각하나?"

교회지기는 숨이 차서 헐떡거렸다.

"어떻게 생각하냐니까, 가브리엘?" 고블린은 비석 양쪽으로 다리를 건들거리며 본드 거리에서 최신 유행하는 웰링턴 부츠 한 켤레를 생각하고 있는 것처럼 만족스러운 얼굴로 말려 올라간 자기 구두 끝을 쳐다보며 말했다.

"그, 그게 굉장히 신기합니다요." 무서워서 반쯤 죽어가는 교회지기가 대답했다. "괴, 굉장히 신기하고 괴, 굉장히 예쁩니다요. 하지만 고블린님만 이해해주신다면 저는 제 일을 계속 해야 하는뎁쇼."

"일이라고?" 고블린이 말했다. "오늘 같은 밤에 무슨 일을 한다는 말인가?"

"무, 무덤입니다요. 무덤을 파고 있었습지요." 교회지기는 말을 더듬었다.

"아, 그래, 무덤이란 말이지. 뭐라고?" 고블린이 말했다. "다른 사람들이 모두들 즐거운 마음으로 기쁨을 찾는 시간에 무덤을 파는 자는 누구인가?"

다시금 수상한 목소리들이 대답했다. "가브리엘 그럽! 가브리엘 그럽!"

"내 친구들이 자네를 원하는 것 같구먼, 가브리엘." 고블린이 아까보다도 혀를 길게 빼물고 뺨을 날름거리며 말했다. 정말 무서운 혀가 아닐 수 없었다. "내 친구들이 자네를 원하는 것 같은데, 가브리엘." 고블린이 반복했다.

"죄, 죄송하지만 뭘 잘못 아신 거 같은데요." 소스라치게 놀란 교회지기가 열심히 대답했다. "그 분들은 절 모르는뎁쇼. 그 분들이 저를 어떻게 알겠습니까. 그 분들이 저 같은 놈을 보신 적이 있을 턱이 없지요."

"아, 그렇지 않아." 고블린이 대꾸했다. "우리들은 자네를 잘 알아. 오늘밤 험상궂게 찌푸린 얼굴로 뚱하니 부어서 거리를 걷던 남자라든가, 아이들에게 흉악한 시선을 던지며 삽을 꽉 움켜잡은 남자를 우리는 알고 있지. 아이는 즐거워하는데 자기는 그렇지 못해서 질투에 찬 악의를 품고 아이를 두들겨 패는 남자를 우리는 알고 있지. 우리는 그 남자를 잘 알아. 잘 알고말고."

여기까지 말한 고블린이 소름끼치는 날카로운 웃음을 터뜨리자 그 메아리는 스무 배로 커져서 돌아왔다. 고블린은 공중으로 발길질을 하더니 물구나무를 섰다. 아니, 비석의 좁은 가장자리에 원뿔형 모자 꼭대기를 대고 거꾸로 섰다는 게 더 정확했다. 고블린이 놀라울 정도로 민첩한 동작으로 공중제비를 돌아 교회지기의 오른편 발치에 내려섰다. 교회지기는 엉거주춤한 자세로 얼어붙었다.

"저, 저는 가봐야겠습니다요." 교회지기는 발을 떼려고 애쓰며 말했다.

"간다고!" 고블린이 말했다. "가브리엘 그럽이 간대. 하! 하! 하!"

고블린이 웃음을 터뜨리자 교회 창문 안쪽에서 섬광이 번쩍이는 것을 교회지기는 보았다. 교회 건물 전체에 불을 밝힌 것처럼 환했지만, 그 빛은 금방 사라졌다. 오르간이 흥겨운 곡을 울렸고, 처음 나타난 고블린에 호응을 하던 고블린 무리들이 교회 묘지로 쏟아져 들어와 비석들을 풀쩍풀쩍 타넘기 시작했다. 고블린들은 잠시도 쉬지 않고 기막힌 재주를 선보이며 계속해서 가장 높은 비석들을 넘어 다녔다. 그중에서도 가장 눈에 띄게 높이 뛰는 것은 처음 고블린이었다. 다른 고블린들은 그의 발끝도 따라오지 못했다. 공포가 극에 달해 있긴 했지만 교회지기는 눈을 뗄 수가 없었다. 다른 고블린들이 보통 크기의 비석을 타넘는 것에 비해 처음 고블린은 가족묘 납골당과 철제 난간처럼 높은 것들을 길거리 우체통이라도 되는 것처럼 손쉽게 타넘었다.

마침내 게임은 절정에 이르렀다. 오르간은 점점 더 빠른 음악을 연주했고, 고블린들은 더욱더 빠르게 펄쩍펄쩍 뛰어오르며 자기들끼리 몸을 둘둘 말거나 땅바닥에 동그라지기도 하고 축구공처럼 비석들 위로 통통 튀어 올랐다. 고블린들이 눈앞에서 날아다니는 가운데 교회지기는 그 빠른 움직임을 보다가 머리가 빙빙 돌고 다리가 풀렸다. 갑자기 고블린들의 왕이 그에게 날아오더니 그의 옷깃을 손으로 잡고 땅 속으로 가라앉았다.

급하게 땅 밑으로 가라앉으며 일순 숨도 쉬지 못했던 가브리엘 그럽이 다시 숨을 돌렸을 때는 커다란 동굴 안이었다. 사방이 추악하고 험상궂게 생긴 고블린으로 둘러싸여 있었다. 동굴 중앙에 높이 솟은 자리에는 교회 묘지에서 만났던 고블린이 앉아 있었고, 가브리엘 그럽은 바로 그 근처에 손가락 하나 까딱할 힘도 없이 서 있었다.

"오늘 밤은 춥구먼." 고블린들의 왕이 말했다. "아주 추워. 따뜻한 걸로 한 잔 가져오너라."

이 명령이 떨어지자 계속 웃고 있던 대여섯 명의 고블린들이 급히 어딘가로 사라졌다가 활활 타는 액체가 든 잔을 가지고 돌아와 왕에게 바쳤다. 그 모습을 본 가브리엘은 그들이 왕의 시종일 거라고 생각했다.

"아!" 뺨과 목 부분이 굉장히 투명한 고블린이 불꽃을 벌컥벌컥 마시며 말했다. "이건 정말 따뜻하구나. 그럽 씨에게도 같은 걸로 한 잔 가져다 드리거라."

불쌍한 교회지기는 밤에 따뜻한 걸 마시는 습관이 없다며 저항했지만 헛수고였다. 한 고블린이 그를 붙들고 있는 동안 다른 고블린이 불꽃이 타오르는 음료를 그의 목구멍으로 부었고, 그가 불타는 술을 간신히 삼킨 후 질식할 것 같아 기침을 하며 눈에서 쏟아지는 눈물을 훔치자 사방을 둘러싼 고블린 무리가 날카로운 비명으로 환호를 지르며 웃음을 터뜨렸다.

"자, 이제." 원뿔형 모자의 가는 모서리로 교회지기의 눈을 쿡쿡 찔러 격렬한 아픔을 선사하며 왕이 변덕스럽게 말했다. "자, 이제 이 불쌍하고 암울한 녀석에게 우리의 굉장한 보물창고에서 몇 가지 광경을 꺼내 보여주거라."

고블린의 말이 떨어지자 동굴의 깊은 안쪽을 가리고 있던 두터운 구름이 점차 걷히고 보기에 상당히 먼 곳에서 조그맣고 가구는 빈약하지만 깔끔하고 깨끗한 아파트가 나타났다. 어린 아이들이 밝게 타는 난롯불 주변에 모여 어머니의 옷자락에 매달리거나 그녀가 앉은 의자 주변을 팔짝팔짝 뛰어다녔다. 어머니는 기다리는 누군가를 찾아보려는 듯 가끔 자리에서 일어나 창문 커튼을 젖혀보곤 했다. 식탁에는 간단한 식사가 준비되어 차려졌고 난롯불 근처에는 팔걸이의자가 놓여 있었다. 현관문을 두드리는 소리가 들렸다. 어머니가 문을 열었고 아버지가 들어오자 어머니를 둘러싸고 있던 아이들은 기뻐서 손뼉을 쳤다. 아버지는 몸이 젖고 피곤해 있었다. 그가 옷에서 눈을 터는 동안 아이들은 아버지를 에워싸고 외투와 모자와 지팡이와 장갑을 열심히 받아 들어 방에서 달려 나갔다. 그리고 그가 난롯가에 차려진 식탁 앞에 앉자 아이들이 아버지의 무릎을 기어올랐고 어머니는 옆에 앉았다. 모두가 행복하고 즐거워 보였다.

하지만 눈 깜빡할 사이에 광경이 변했다. 장면은 가장 사랑스러운 막내가 죽어가고 있는 작은 침실로 바뀌었다. 뺨에서 장밋빛이 가시고 눈에서 빛이 사라졌다. 교회지기조차 전에는 한 번도 느끼지도, 알지도 못한 어떤 관심을 가지고 지켜보는 동안 아이가 죽었다. 어린 형제자매들이 막내의 조그만 침대를 에워싸고 차갑고 무겁게 늘어진 그 작은 손을 잡았다가 그 감촉에 깜짝 놀라 뒤로 물러서서 경외심을 갖고 아이의 얼굴을 응시했다. 평온하고 고요하게 안식과 평화 속에 잠든 그 예쁜 아이가 죽었다는 것을 형제자매들은 알았다. 그리고 그들은 동생이 밝고 행복한 천국에서 천사가 되어 자신들을 내려다보고 축복한다는 것을 알았다.

다시 한 번 가벼운 구름이 광경을 덮고 지나가자 또 장면이 바뀌었다. 아버지와 어머니는 이제 늙고 무기력해졌고, 그들 주변의 자식들도 반도 안 되게 줄어들었다. 하지만 난롯가에 모여 지난날과 옛날 이야기들을 하고 듣는 사람들은 너나 할 것 없이 만족스럽고 즐거워 보이는 얼굴이었으며 눈에서는 빛이 났다. 서서히, 그리고 평화롭게 아버지가 세상을 떠났고 얼마 지나지 않아 그의 모든 염려와 근심을 함께 나누었던 어머니도 아버지를 따라 안식과 평화의 곳으로 떠났다. 아직 살아 있는 얼마 되지 않는 자식들은 부모님의 무덤가에 무릎을 꿇고 무덤을 덮은 초록색 잔디에 눈물로 물을 주었다. 어느 날 반드시 부모님을 다시 만날 것을 알았기에 그들은 슬퍼하고 애도하는 모습으로 일어나 사라지면서도 절망적인 비탄에 잠기거나 비통하게 울지는 않았다. 다시 그들은 바쁜 세상에 섞여 들었고, 만족감과 즐거움이 다시금 살아났다. 그 위에 구름이 서리더니 교회지기의 시야에서 그 장면이 가려졌다.

"자, 가브리엘, 자네는 어떻게 생각하나?" 고블린이 가브리엘 그럽을 향해 넓적한 얼굴을 돌리며 말했다.

가브리엘은 굉장히 아름다운 모습이라며 몇 마디 웅얼거렸지만, 고블린이 얼굴을 찌푸리며 불같은 눈으로 그를 보자 뭔가 부끄러워하는 듯 했다.

"너는 정말 불쌍한 녀석이구나!" 고블린이 대단히 경멸적인 어조로 말했다. "이 불쌍한 녀석!" 그는 무슨 말인가 덧붙이려 했지만 분노로 말문이 막힌 듯 했다. 고블린은 굉장히 유연한 다리 한쪽을 들어 목표물을 확실히 겨냥하려는 듯 그의 머리 위에서 휘두르다가 가브리엘 그럽을 퍽 소리가 날 정도로 호되게 걷어찼다. 왕을 모시던 모든 고블린들이 주군이 차는 자는 차고 주군이 껴안는 자는 껴안는, 세상에 확립된 불변의 법칙에 따라 그 즉시 불쌍한 교회지기를 둘러싸더니 사정없이 발로 찼다.

"그에게 좀 더 보여주거라!" 고블린들의 왕이 명령했다.

이 말이 떨어지자 구름이 다시 걷히고 눈앞에 풍요롭고 아름다운 풍경이 펼쳐졌다. 오늘날까지도 오래된 수도원 마을에서 겨우 반 마일만 나가면 볼 수 있는 풍경이다. 맑고 푸른 하늘에 해가 빛나고, 물은 햇살 아래 반짝거렸으며, 햇볕에 기운은 얻은 나무들은 더욱더 푸르렀고, 꽃들은 더욱 화사하게 만발했다. 시내에는 기분 좋은 소리를 내며 잔물결이 반짝였고, 나무들은 잎사귀를 흔드는 가벼운 바람에 사락거렸다. 새들은 나뭇가지에 앉아 지저귀었고, 종달새는 아침이 밝는 기쁨에 노래를 불렀다. 그랬다. 아침이었다. 밝고 환하게 빛나는 여름 아침이었다. 가장 초라한 잎사귀에도, 가장 작은 풀잎에도 생동감이 넘쳤다. 개미들은 힘써 일하기 위해 앞으로 기어갔고, 나비는 팔랑거리며 따뜻한 햇볕을 쬐었다. 셀 수 없이 많은 곤충들이 투명한 날개를 펴고 짧지만 행복한 삶을 만끽했다. 이런 광경에 고무된 사람들은 걸어 나갔다. 만물이 밝고 찬란하게 빛났다.

"너는 정말 불쌍한 녀석이구나!" 전보다도 더욱 경멸적인 어조로 고블린들의 왕이 내뱉었다. 그리고 고블린들의 왕은 다시 다리를 휘두르다 교회지기의 어깨를 걷어찼다. 그러자 시립하고 있던 고블린들 역시 우두머리의 모범을 따랐다.

구름이 여러 번 서렸다 걷혔고, 가브리엘 그럽에게 많은 교훈을 가르쳤다. 고블린의 발길질을 하도 많이 당해서 어깨가 아프게 쑤시긴 했지만 교회지기는 줄지 않는 관심으로 열심히 광경들을 보았다. 그는 평생에 걸친 노동으로 열심히 일하지만 빈약한 빵도 충분히 벌지 못하는 사람들이 즐겁고 행복한 것을, 가장 무지한 자들에게도 자연의 친절한 얼굴이 끝없는 즐거움과 기쁨의 원천인 것을 보았다. 그는 훌륭한 교육을 받고 따뜻하게 자란 사람들이 저마다의 가슴 속에 행복과 만족과 평화라는 재산을 가지고 있기 때문에 결핍된 상황에서도 즐거워하고, 고통에도 지지 않으며, 거친 곡식을 가는 것을 보았다. 그는 하느님이 창조하신 생명 가운데 가장 부드럽고 가장 연약한 여인들이 슬픔과 불운과 고통에 지지 않는 많은 경우를 보았고, 그네들이 이겨낼 수 있는 것은 애정과 헌신이 솟아나는 원천인 다함이 없는 우물을 가슴 속에 가지고 있기 때문이라는 것을 알 수 있었다. 무엇보다도 그는 다른 사람들의 기쁨과 즐거움에 으르렁거리는 그 자신 같은 사람들이야말로 지상에서 가장 사악한 잡초라는 것을 알게 되었다. 세상의 모든 선을 악과 대비해본 결과 그는 결국 세상이 굉장히 너그럽고 살 만한 곳이라는 결론을 내렸다. 그가 그런 결론을 내리기 무섭게 마지막 광경 위에 서렸던 구름이 그의 감각을 지배하며 이제 쉬라고 그를 달래는 것 같은 느낌이 들었다. 하나씩 차례차례 고블린이 그의 시야에서 사라졌고, 마지막 고블린이 사라지면서 그는 잠에 빠져들었다.

날이 밝아져 눈을 뜬 가브리엘 그럽은 자신이 교회 묘지의 평평한 비석 위에 대자로 뻗어 누워 있는 것을 깨달았다. 고리버들 술병은 텅 빈 채 그의 옆에서 뒹굴었으며, 외투와 삽과 등불은 모두 밤새 내린 서리에 하얗게 덮인 채 땅 위에 흩어져 있었다. 그의 시선이 처음 머무른 곳은 고블린이 앉았던 비석이었다. 비석은 그의 앞에 꼿꼿하게 서 있었다. 지난 밤 그가 팠던 무덤은 거기서 멀지 않았다. 처음에는 자신이 겪은 모험이 진짜인지 의심스러웠지만 몸을 일으켜 세우려 했을 때 어깨에 밀려든 심한 통증은 고블린들의 발길질이 확실히 꿈이 아니라는 것을 증명했다. 고블린들이 비석을 타넘으며 뛰어다녔는데 눈 위에 발자국 하나 남지 않은 것을 보고 그는 다시 놀라 휘청거렸지만, 고블린들이 유령이라는 것을 떠올리자 눈에 보이는 흔적이 하나도 남지 않은 것을 납득할 수 있었다. 등이 무척 쑤셔서 가브리엘 그럽은 안간힘을 써서야 일어날 수 있었다. 그는 코트에 쌓인 서리를 털어 걸치고 마을 쪽으로 얼굴을 돌렸다.

가브리엘 그럽은 이제 다른 사람이 되었다. 하지만 마을로 돌아가면 사람들이 회개한 그를 비웃고 그의 성격이 바뀌었다는 것을 믿어주지 않을 것이라는 생각을 하니 문득 견디기 어려워졌다. 가브리엘 그럽은 잠시 망설였지만 이내 발길 닿는 대로 일자리를 찾아 다른 곳으로 떠났다.

그날 교회 묘지에서 등불과 삽과 고리버들 술병이 발견되었다. 처음에는 교회지기의 운명에 대해 억측이 난무했지만 곧 그가 고블린들에게 끌려간 것이 분명하다는 결론이 내려졌다. 교회지기가 사자의 뒷다리와 궁둥이와 곰의 꼬리를 가지고 한쪽 눈이 먼 밤색 말에 태워져 끌려가는 것을 똑똑히 보았다는 믿을만한 목격자들도 여럿 있었다. 마침내 모두가 그 소문을 굳게 믿게 되었다. 새 교회지기는 궁금해 하는 사람들에게 앞서 이야기가 나왔던 말이 공중으로 날아오르는 통에 그 뒷발에 걸어차인 교회 풍향계에서 떨어진 큼지막한 조각을 한두 해 뒤에 그 자신이 교회 묘지에서 발견했다며 사소한 증거로 보여주곤 했다.

유감스럽게도 이런 이야기들에 동요가 일고 의견이 분분해진 것은 가브리엘 그럽이 십 년쯤 지난 후에 예기치 않게 모습을 드러내면서였다. 그는 누더기를 걸치고 류머티즘에 걸린 노인이 되어 있었긴 했지만 만족스러운 모습이었다. 가브리엘 그럽은 성직자와 목사에게 그가 겪은 이야기를 털어놓았고, 시간이 흐르면서 그 이야기는 마을 역사로 받아들여져 오늘날 전해져 내려오는 이야기의 형태를 띠게 되었다. 풍향계 조각 이야기를 믿는 사람들은 일단 엉뚱한 소문을 신뢰하게 된 이상 새로운 진실을 쉽사리 받아들이려 들지 않았다. 어깨를 으쓱하고 이마를 누르며 가브리엘 그럽이 네덜란드 진을 몽땅 마시고 비석 위에서 잠이 들어 꿈을 꾼 것일 뿐이라며 수군거리는 그들은 더없이 똑똑해 보였다. 그들은 가브리엘 그럽이 고블린의 동굴에서 보았다고 증언한 것들은 사실 그가 세상 곳곳을 돌아다니면서 현명해지며 배운 것이라고들 말했다. 하지만 늘 그다지 인기를 끌지 못했던 이런 의견들은 점차 사라졌다. 가브리엘 그럽이 죽을 때까지 류머티즘에 시달리긴 했지만, 그 문제야 어쨌든 이 이야기에는 적어도 한 가지 교훈이 있다. 크리스마스에 남에게 부루퉁하게 굴고 혼자서 술만 마시는 사람은 전혀 나아질 수가 없다. 그런 사람이 있다면 대단히 선량한 마음을 갖고, 그 마음을 한결같게 유지하도록 생각을 고쳐먹는 게 좋겠다. 가브리엘 그럽이 고블린의 동굴에서 확실히 보았듯이.

4

〈험프리 선생의 시계〉에 실린
크리스마스 이야기

〈험프리 선생의 시계〉에 실린 크리스마스 이야기

다른 사람들이 행복해 하는 모습을 보며 축하하려는 마음에 밖으로 나선 나는 길거리며 집들마다 크리스마스를 크게 기뻐하고 축하하는 분위기에 젖어 몇 시간을 보냈다. 나는 멈춰 서서 눈을 헤치고 서둘러 모임 장소로 향하는 즐거운 일행들을 보았고, 그러다 몸을 돌려보니 마차 한 대를 가득 채운 한 무리의 아이들이 환영하는 집 앞에서 안전하게 내리는 모습이 보였다. 동시에 나는 한 노동자가 깃털 장식이 달린 옷을 입히고 예쁜 모자를 씌운 아기를 소중하게 옮기는 모습에, 그리고 그 뒤에서 힘겹게 발걸음을 옮기는 그의 아내가 잘 차려입은 옷에 대한 걱정도 잊어버리고 아버지의 어깨 너머로 꺄꺄 환성을 지르고 웃는 아기에게 호응하는 모습에 경탄했다. 정중한 예의를 보이거나 구애하는 현장을 지나치면서 이때나마 가난한 사람들도 즐거워할 수 있다는 생각에 나 자신도 즐거워졌다.

날이 저물었을 때에도 나는 지나치는 창문에 따뜻한 빛을 던지는 환한 벽난로에 친근감을 느끼며 거리를 거닐었고, 시선이 가는 곳마다 사람들이 함께 즐거워하는 모습에 나 자신의 외로움을 잊었다. 마침내 나는 한 선술집 앞에 멈춰 창문에 붙은 메뉴를 보았다. 갑자기 크리스마스에 선술집에서 혼자 저녁을 먹는 사람들은 어떤 사람들일지 궁금해졌다.

고독한 사람들은 무의식적으로 자신만이 고독하다고 여기기 마련이라고 나는 생각한다. 나도 크리스마스에 홀로 내 방에 앉아 있었던 적이 많이, 아주 많이 있었고, 그날을 그저 모두가 모여 기뻐하는 날로밖에 생각하지 않았다. 나는 연민이 깃든 마음으로 모든 사람들에서 죄수들과 거지들은 제외했지만, 선술집은 사실 그런 사람들을 위해 문을 열지는 않았을 터였다. 손님이 있을까, 아니면 그냥 형식적으로 열어둔 걸까? 의심할 여지없이 그냥 열어둔 것일 터였다.

내 생각을 확신하면서 나는 발걸음을 옮겼지만 몇 걸음 가지 않아 뒤돌아보았다. 문 위의 등불은 장사를 하는 분위기였고, 나는 그냥 지나칠 수가 없었다. 나는 세상에 맞서 발버둥치는 젊은이들이나 친구들이 너무 멀리 살아 그들을 만나러 갈 차비 여유가 없어 이 멋진 도시에서 완전히 외톨이가 되어버린 손님들이 많을까봐 걱정이 되기 시작했다. 그런 생각을 하자 슬프고 비참한 이미지들이 자꾸만 떠오르기 생각했고, 나는 이런 마음을 집에까지 가져가지 않으려 현실을 직접 확인하기로 했다. 그래서 나는 뒤돌아서서 가게 안으로 들어갔다.

선술집 안에는 손님이 단 한 명뿐이어서 나는 기쁜 동시에 슬퍼졌다. 한 명밖에 없어서 기뻤고, 그 손님이 혼자서 거기 있어야 한다는 생각에 슬펐다. 그는 나처럼 늙지는 않았지만, 제법 나이가 들었고 머리가 반백이었다. 그의 관심을 끌어 크리스마스에 어울리는 전통적인 인사를 하려고 가게에 들어가며 필요 이상으로 큰 소리를 냈음에도 그는 고개를 들지 않고 손에 턱을 괴고서 반쯤 먹은 식사 접시를 앞에 두고 생각에 잠겨 있었다.

나는 선술집에 앉아 있을 구실을 얻고자 뭔가를 주문하고(내 가정부가 밤에 친구 집의 축하 파티에 가야 해서 나는 저녁식사를 일찌감치 끝냈다) 그를 방해하지 않고 관찰할 수 있는 곳에 자리를 잡고 앉았다. 드디어 그가 고개를 들었다. 다른 사람이 들어온 것을 알아차렸겠지만 나는 어두운 쪽에, 그는 밝은 쪽에 앉았기 때문에 내 모습은 거의 보이지 않았다. 그가 슬프고 생각에 잠긴 것처럼 보였기 때문에 나는 말을 걸어 방해하지 않도록 조심했다.

내 주의를 끌고 이 신사에게 강하게 이끌리게 만든 것은 단순한 호기심만이 아니었다. 나는 그렇게 침착하고 친절해 보이는 얼굴은 처음 보았다. 친구들에게 둘러싸여 있어야 마땅할 듯한 사람인데 누구라도 친구들과 어울리는 날에 그는 거기에 의기소침하게 혼자 앉아 있었다. 그는 상념에서 깨었다가 바로 다른 상념에 빠지곤 했다. 그 상념이 어떤 내용인지는 모르겠지만 우울한 종류인 것만은 분명했고, 자기도 모르게 계속 떠오르는 듯 했다.

내가 확신하건대 그는 고독에 익숙한 사람이 아니었다. 나 자신의 경험으로 비추어볼 때 고독한 사람이라면 다른 사람이 들어왔을 때 약간이라도 관심을 비추고 반응이 다르기 때문이다. 헛되이 식사를 계속하려고 노력하긴 했지만 그가 식욕이 없다는 것을 나는 알아차렸다. 곧 접시를 밀어낸 그는 먼저의 자세로 되돌아갔다.

그의 마음이 예전에 보냈던 크리스마스들을 회상하며 배회하고 있을 것이라고 나는 생각했다. 일주일이 끊임없이 이어지는 것처럼 여러 해의 크리스마스가 사이를 두지 않고 같이 떠올랐을 것이다. 함께할 다른 사람 없이 이런 텅 비고 조용한 곳에서 처음으로(이번이 처음일 거라고 나는 확신했다) 크리스마스를 보내는 자신은 그에게도 큰 충격일 것이다. 나는 그를 따라 유쾌한 얼굴들 사이를 거닐며 상상에 잠겼다가 가스등 불빛 아래 욕지기가 치밀게 하는 겨우살이나무 가지와 계속해서 굽고 쪄 대는 연기 속에서 바짝 말라버린 호랑가시나무 가지가 걸린 우중충한 가게라는 현실로 되돌아왔다.

나는 그 친구가 더욱 궁금해졌다. 저녁식사를 마친 그의 앞에는 유리병에 옮긴 포도주가 놓였다. 오랫동안 병에 손가락 하나 대지 않다가 마침내 그는 떨리는 손으로 잔을 채워 입으로 가져갔다. 크리스마스가 되면 익숙하게 기원하곤 했을 소망이나 한때 맹세를 바쳤던 사랑하는 사람의 이름을 그는 떨리는 목소리로 조용히 읊었다. 그는 잔을 급하게 내려놓았다가, 다시 잔을 들었다가, 다시 내려놓고 손에 얼굴을 묻었다. 눈물이 그의 뺨 위로 굴러 떨어지는 것 같았다. 그렇다, 나는 확신한다.

옳은지 그른지 생각할 겨를도 없이 나는 가게를 가로질러 그의 곁에 앉았고, 내 손을 그의 팔에 조용히 올렸다.

"친구여, 노인의 입에서 위안과 위로를 받으라 한다고 기분 나빠 하지 않았으면 좋겠군요." 내가 말했다. "사실 내가 경험하지 않은 일로 가르치려 들 생각은 없소. 왜 슬퍼하는지는 모르지만 부디 기운을 내시오. 마음 단단히 먹어요, 제발!"

"선생님은 진심으로 위로하시려 하는군요." 그가 대답했다. "그리고 친절한 마음으로 호의를 베푸시는 것도 잘 압니다. 하지만……."

나는 그가 하고 싶은 말이 뭔지 알겠다는 걸 보여주려고 고개를 끄덕였다. 그의 얼굴에 떠오른 어떤 고정된 표정에, 그리고 내가 말을 하는 동안 그가 주의 깊게 나를 보는 모습에 그의 청력이 망가졌다는 걸 알았기 때문이었다. "우리 사이에는 암묵적인 공통의 이해심이 있을 것 같소." 나는 내 의도를 설명하기 위해 그와 나를 번갈아 가리키면서 말했다. "반백이 된 우리 머리는 그렇다 치고 우리의 불운을 봐요. 보면 알겠지만 나는 불운한 절름발이라오."

내가 절름발이가 되었다는 것을 처음 알게 되어 발버둥치던 시점 이후로 그가 내 손을 잡으며 그날 이래 내 인생의 길을 밝혀준 미소를 지었을 때처럼 기뻤던 적은 없었다. 우리는 나란히 앉았다.

이것이 그 귀머거리 신사와 내 우정의 시작이었다. 크리스마스에 어울리는 가볍고 손쉬운 선행은 그가 나에게 보여준 애정과 헌신으로 충분히 보답을 받았다!

그는 우리의 대화를 돕기 위해 종이철과 연필을 꺼냈다. 우리의 첫 사귐에서 할 말을 종이에 쓰는 것이 얼마나 어색하고 난처했는지, 그리고 내가 할 말을 채 절반도 쓰기 전에 그가 내 의도를 얼마나 쉽게 알아차렸는지 나는 지금도 잘 기억하고 있다. 그는 떨리는 목소리로 크리스마스를 혼자 보내는 것에 익숙하지 않으며, 여태까지 크리스마스는 그에게 축제 같은 시간이었다고 말했다. 그의 옷차림을 보면서 애도하기 위한 상복은 아닌지 내가 궁금해 하는 것을 보면서 그는 급히 그런 것은 아니라고 덧붙였다. 만약 상복이었다면 훨씬 더 격식을 갖춰 정식으로 차려 입었을 것이었다. 그 저녁 이후로 지금까지 우리는 그 문제는 절대로 건드리지 않는다. 정답게 이야기를 나누며 우리가 처음 만났을 때 있었던 이야기며, 주변 환경들을 떠올리곤 하지만 서로 약속이라도 한 것처럼 그 주제는 늘 피한다.

한편 우리의 우정과 관계는 시간이 갈수록 돈독해졌고, 죽음으로써만 갈라놓을 수 있으며 다음 세상에서도 계속될 애정을 서로에게 갖게 되었다. 어떻게 우리처럼 서로 통할 수 있는지는 모르겠지만, 그는 이미 오래전부터 나에게는 귀머거리가 아니었다. 그는 자주 내 산책길의 동반자가 되곤 하는데, 마치 내 생각을 읽을 수 있는 것처럼 혼잡한 거리에서도 내 미세한 표정이나 손짓 변화에 대답을 한다. 우리의 눈앞을 빠르게 계속 스쳐 지나가는 수많은 사물들 중에서도 우리는 흔히 같은 대상을 골라 이야기를 꺼내곤 한다. 이런 사소한 우연이 생길 때마다 나는 내 친구에게 생기를 불어넣는 기뿜이나 그가 적어도 삼십 분가량은 보이는 빛나는 표정을 말로는 설명할 수 없다.

그는 살면서 내면으로부터 체득한 위대한 사상가이다. 독특한 생각으로 확대하고 상상하는 활기찬 상상력 덕분에 그는 우리의 작은 모임에 이루 값을 헤아릴 수 없이 소중한 존재이며, 우리 둘 모두를 놀래키곤 했다. 그의 상상력은 그 커다란 파이프에 힘입은 바가 크다. 한 독일 학생의 물건이었다고 그가 말해준 이 파이프는 아주 오래되었고, 신기한 모양을 가졌는데, 얼마나 크기가 큰지 세 시간 반을 피워야 다 피울 수 있다. 매일 저녁 작은 담배 가게에 모이는 사람들 중에서도 앞장서서 소문을 옮기는 내 이발사가 파이프와 근처에서 담배를 피우는 사람들을 모두 혼비백산하게 만드는 파이프에 새겨진 기괴한 형상 이야기를 옮겼을 것이다. 내가 알기로 우리 집 가정부는 파이프를 굉장히 조심스러운 태도로 대하지만 미신적인 감정 때문에 어두워진 후에는 파이프가 있는 곳에 혼자 있으려 하지 않는다.

내 귀머거리 친구가 어떤 슬픔을 가졌는지, 그리고 비밀스러운 마음 한 구석에 어떤 비탄함이 남았는지 모르겠지만, 이제 그는 명랑하고, 평온하고, 행복하다. 그런 사람에게라면 어떤 더 훌륭한 목적이 있지 않고서는 불행이 생길 수 없다. 그리고 그의 관대한 성격과 성실한 감정에서 그 자취를 볼 때면 나 자신이 겪은 불행을 불평할 생각이 사라진다. 그 파이프에 대해서는 내가 생각한 것이 있다. 어떤 식으로든 그 물건이 우리를 만나게 해준 사건과 관계가 있을 거라는 생각을 하지 않을 수 없다. 그가 파이프에 대해 이야기를 하기까지 오랜 시간이 걸렸다는 것을 나는 기억하기 때문이다. 이야기를 할 때에도 그는 더욱 과묵해지고 우울해졌다. 그 이야기를 꺼낼 때에도 오래 걸렸다. 하지만 나는 이 주제가 궁금하지 않다. 그 파이프 덕분에 그가 평온과 위안을 얻기 때문이다. 그것만으로도 나는 그 물건이 더없이 마음에 든다.

그 귀머거리 신사도 마찬가지이다. 나는 침착한 회색 옷을 입고 벽난롯가에 앉은 그의 모습을 지금 떠올릴 수 있다. 연기를 내며 좋아하는 파이프를 피우면서 그는 마음에서 우러난 넘치는 애정을 담아 나를 보며 기분 좋은 웃음에 가장 온화하고 친절한 말을 전한다. 그가 오래된 내 시계 소리를 들을 수만 있다면 기꺼이 내 사지 가운데 하나를 줄 수 있다고 해도 과언이 아니다.

찰스 디킨스와 《크리스마스 캐럴》

찰스 디킨스는 1812년 2월 7일 해군 경리국에서 일하고 있던 존 디킨스의 여덟 자녀 가운데 둘째로 태어났다. 디킨스는 포트머스에서 태어났지만 다섯 살 때 채텀으로, 열 살 때에는 또다시 런던으로 이사했다. 유년기의 디킨스는 건강하지 못했기 때문에 정규교육을 제대로 받지 못했다. 디킨스는 어머니에게서 글을 배운 후 아버지의 서재에서 상당한 양의 고전 소설을 읽었다. 어렸을 때부터 연극에 관심을 가지고 있던 디킨스가 여덟 살 때 처음으로 썼던 글은 비극적인 희곡 작품이었다. 아홉 살 때에는 이웃 아이와 함께 교육을 받았으며, 가족들이 런던의 (《크리스마스 캐럴》 속 밥 크랫칫 가족이 살았던) 캠든 타운으로 이사한 후에도 한동안 채텀에 남아 공부를 계속했다.

디킨스의 아버지는 중산층 출신으로 해군에서 상당한 액수의 봉급을 받았지만 사치와 낭비가 심한 편이어서 가족은 항상 재정적으로 궁핍한 지경에 처해 있었다. 1824년 디킨스가 열두 살이 되던 해에 가족의 재정 상태는 파탄에 이르렀다. 아버지 존 디킨스는 빚을 갚지 못해 감옥에 수감되었고, 장남이었던 찰스 디킨스는 학교를 중퇴하고 돈을 벌기 위해 구두약 공장에서 수공업 노동자로 일하게 되었다. 겨우 열두 살밖에 되지 않았지만 디킨스는 일주일에 육 일을 하루에 열두 시간 동안 구두약에 라벨을 붙여야 했고, 그런 중노동으로 일주일에 육 실링을 벌었다. 이 시기에 짧은 기간이나마 노동자 계급으로 전락했던 경험은 평생 그에게 악몽으로 남았으며, 디킨스의 작품과 삶을 관통하는 주요 주제가 되었다.

다행히도 얼마 후 아버지 존 디킨스가 유산을 물려받은 덕분에 가족들은 다시 빚에서 헤어날 수 있었고 찰스 디킨스도 비참한 운명을 피할 수 있었다. 그는 몇 년간 학교 교육을 더 받은 다음 법률 사무소의 사환이 되었고 곧 속기사의 위치까지 올라가 몇몇 신문사에서 일했다.

1833년 디킨스의 첫 작품이 남동생의 별명으로 월간 잡지에 게재되었다. 그 후로도 그는 몇몇 단편들을 더 기고했지만, 찰스 디킨스라는 이름을 유명하게 만든 작품은 1836년에 출간된 《피크위크 페이퍼스(Pickwick Papers)》였다. 디킨스는 그 후로도 30년에 걸쳐 《올리버 트위스트(Oliver Twist)》(1839), 《니콜라스 니클비(Life and Adventures of Nicholas Nickleby)》(1839), 《데이비드 코퍼필드(The Personal History of David Copperfield)》(1850), 《리틀 도릿(Little Dorrit)》(1857), 《두 도시 이야기(A Tale of Two Cities)》

(1859), 《위대한 유산(Great Expectations)》(1861) 등의 많은 작품들을 썼지만, 그중에서도 가장 많이 읽히고 그를 가장 사랑받는 작가로 만든 것은 《크리스마스 캐럴》이었다.

그러나 《크리스마스 캐럴》은 사실 경제적인 필요에서 비롯된 작품이었다. 1843년 무렵 그는 이미 유명한 작가가 되어 작품으로 벌어들이는 수입이 적지 않았지만 그 이상으로 많은 금액을 지출하고 있었다. 디킨스의 아내는 다섯 번째 아기를 임신하고 있었고, 아버지와 남동생들은 끊임없이 재정적인 원조를 요구했다. 그해 여름 내내 디킨스는 쌓여만가는 청구서와 살고 있는 집에 잡힌 거액의 저당 때문에 고민하고 있었다. 디킨스에게는 큰돈을 벌어다줄 새로운 작품이 절실했지만 저조한 상태에 빠져 새로운 작품을 쓸 영감도 떠오르지 않았다. 빚을 갚지 못해 다시 노동자 계급으로 전락할지도 모른다는 생각이야말로 그에게는 무시무시한 악몽이었다.

그때 디킨스에게 갑작스럽게 떠오른 영감이 크리스마스 이야기였다. 런던 뒷골목에서 살아남기 위해 발버둥 치는 사람들, 약간의 위안과 희망이 필요한 사람들을 위한 이야기였다. 그렇지만 그때가 이미 10월 초순이었고, 크리스마스까지는 채 석 달도 남지 않은 상태였다. 크리스마스에 맞춰 인쇄를 하고 판매에 들어가려면 11월 말까지는 인쇄를 마쳐야 했다. 그래서 디킨스는 장편소설을 포기하고 대신 《피크위크 페이퍼스》의 한 장에서 크리스마스 유령 이야기에 대한 아이디어를 가져오기로 했다. 디킨스는 개인적으로 독일의 유령 이야기들을 좋아했기 때문에 《피크위크 페이퍼스》에 유령 이야기를 넣었고, 이 부분을 차용하기로 했던 것이다. 새 작품《크리스마스 캐럴》에는 유령 이외에도 병약한 꼬맹이와 정직하지만 무능력한 아버지와 이기적인 악당과 매부리코를 가진 노인 같이 디킨스의 독자들이 사랑하는 인물들이 등장했다.

《크리스마스 캐럴》을 쓰면서 디킨스 자신에게도 많은 변화가 있었다. 처음에는 빚을 조금이라도 줄여보고자 시작했던 '작은 계획'이었지만 이 작품을 쓰면서 디킨스도 변했다. 가슴이 따뜻해지는 크리스마스 이야기가 저조한 상태였던 디킨스 자신을 고양시켰던 것이다. 디킨스는 북미 대륙으로 낭독 여행을 갔을 때 한 미국인 교수에게《크리스마스 캐럴》을 집필하면서 "얼마나 울고, 웃고, 또 울었는지 모른다"고 말했다고 한다.

출판인과 불화를 겪고 있던 디킨스는 새 작품의 디자인까지 직접 맡아서 겉표지에 제목을 금장으로 찍고, 속표지는 면지를 사용해서 빨강과 초록색으로 만들었다. 책 안에는 컬러 동판화 네 장과 목판화 네 장이 들어 있었다. 화려한 장정에도 불구하고 디킨스는 가능한 한 많은 사람들이 이 책을 접할 수 있도록 책 가격을 오 실링밖에 매기지 않았다.

마침내 1843년 12월 2일 작업이 끝났고, 디킨스는 원고를 인쇄소로 보냈다. 12월 17일부터 판매되기 시작한 초판 6,000부는 크리스마스이브에 매진되었다. 디킨스는《크리스마스 캐럴》이 반드시 성공할 것이라고 생각했었지만, 그 열광적인 반응은 예상을 훨씬 뛰어넘는 것이었다. 그러나 판매 실적은 대단했지만 디킨스가 고집

했던 책의 고급 장정 때문에 출판비가 너무 높아졌고, 상대적으로 낮은 책 가격 때문에 그가 바라던 만큼의 재정적인 성공은 거두지 못했다. 게다가 책이 출간된 즉시 등장한 해적판도 디킨스를 좌절시켰다.

디킨스는 1843년부터 1847년까지 매년 크리스마스 때마다 교훈적인 이야기를 한 편씩 발표했는데, 그 다섯 편의 이야기들 가운데 가장 유명하면서도 가장 많은 사랑을 받은 작품이 첫 번째로 나왔던 이 《크리스마스 캐럴》이다.

디킨스는 1865년 뇌졸중 발작을 겪었고, 그로 인해 양다리를 쓸 수 없게 되었지만 그런 시련조차도 여행과 일을 좋아하는 그의 의욕적인 성격을 바꾸어놓지 못했다. 그는 죽기 바로 전날인 1870년 6월 8일까지도 《에드윈 드루드의 수수께끼(The Mystery of Edwin Drood)》의 집필에 몰두하고 있었다. 찰스 디킨스는 웨스트민스터 성당에 묻혔다.

《크리스마스 캐럴》의 사회적인 배경

《크리스마스 캐럴》의 중요한 주제는 구두쇠 수전노 에벤에저 스크루지의 개과천선뿐만이 아니다. 디킨스 자신이 어렸을 때 공장에서 장시간 저임금 노동에 시달렸던 적도 있었지만 그가 《크리스마스 캐럴》을 썼던 1843년 당시 도시 노동자 계급의 삶은 실로 비참했고 그 와중에서 방치된 빈민층 아이들의 참상은 눈 뜨고 볼 수 없을 지경이었다.

당시 가난한 사람들이 즐길 수 있었던 유일한 도락은 성(性)밖에 없었다. 그 결과로 수천, 수만 명의 아이들이 지금의 우리로서는 상상조차 할 수 없는 빈곤과 질병에 시달렸다. 1839년에 런던에서 있었던 장례식 전체의 절반가량이 열 살 미만 아이들의 장례식일 정도였다고 한다. 꼬마 팀이 죽는 장면에 당시 사람들이 몹시 공감하며 슬퍼했던 것도 그런 맥락에서였다. 많은 독자들이 아이들의 죽음을 직접적으로 경험했기 때문이었다.

운이 좋아 살아남은 아이들은 아무런 교육을 받지 못한 채 저임금 일자리로 내몰려야 했기 때문에, 그들에게 빈곤의 악순환에서 탈출할 가능성은 전혀 없는 것이나 다름없었다. 디킨스는 이런 빈곤의 고리를 끊어버릴 수 있는 유일한 방법이 교육밖에 없다고 생각해서 빈민 학교에 관심을 가지게 되었다.

빈민 학교는 자선기금으로 운영되는 무료 학교로 가난한 아이들이 초보적인 교육과 종교적인 가르침을 배우는 곳이었다. 아이들은 낮에는 공장에서 일하고 밤에는 공부를 했다. 디킨스는 이런 학교들이 종교적인 가르침을 강요하는 것에는 반발했지만 가난한 아이들이 사회에 나가 자급자족하는 구성원이 될 기회를 제공하는 실질적인 교육을 받을 수 있다는 점에서 빈민 학교 운동을 지지했다. 그렇지만 대부분의 가난한 아이들은 이런 빈민 학교에조차 갈 수 없었다. 당시는 산업혁명이 최고조에 이르고 있던 시기였기 때문에 저임금 장시간 미성년 노동에 대한 수요가 컸고, 부모들은 그들 자신이 비참할 정도로 가난하고 교육을 받지 못했기 때문에 자녀의 교육에 아예 관심이 없었다.

디킨스는 《크리스마스 캐럴》에서 무지와 빈곤이라는 은유적인 남매를 통해 그런 아이들의 모습을 풍자했다. 현재 크리스마스의 유령은 짐승이나 다를 바 없는 무지와 빈곤 남매를 스크루지에게 보여주며 경고한다.

"남자 아이는 '무지'고 여자 아이는 '빈곤'이다. 무지와 빈곤을 둘 다 경계하고, 그와 정도가 비슷한 것들을 모두 경계하도록 하거라. 그러나 그중에서도 가장 경계해야 할 것은 이 남자 아이다. 이 아이의 이마에 '파멸'이라고 쓰인 것이 보이는구나. 그것이 지워지지 않는다면 이 아이를 가장 경계해야 할 것이다."

디킨스는 다른 작품들을 통해서도 가난한 아이들이 교육을 받아야 한다는 점을 계속 역설했지만 그가 죽은 1870년에 이르러서야 영국에서 아이들을 위한 의무 교육이 시작되었다.

당시 가난한 사람들의 집에는 난방과 요리를 위한 벽난로가 있었지만 오븐은 없었다. 그래서 크랫칫 가족처럼 가난한 사람들은 크리스마스에 먹을 거위나 칠면조를 오븐이 있는 빵집에 가져가서 요리를 해왔다. 당시에는 청교도의 영향으로 안식일을 엄격하게 지켰기 때문에 일요일이나 축일에 가게를 여는 것이 금지되었다. 하지만 빵집 주인들은 약간의 요금을 받고 가난한 사람들이 그들만의 성찬을 요리할 수 있게 해주곤 했다. 디킨스는 이렇게 엄격하게 안식일을 준수하는 것이 종교적인 경건함으로 위장해서 상류층이 하류층의 삶을 통제하려는 것이라고 생각했다. 디킨스는 스크루지와 현재 크리스마스 유령의 대화를 통해 가난한 사람과 노동자 들에게는 일요일이야말로 상류층과 중산층이 일주일 내내 즐기는 단순한 도락을 즐길 수 있는 유일한 하루라고 강변했다.

"유령님." 잠시 생각에 잠겼던 스크루지가 말을 꺼냈다. "저는 저희를 둘러싼 많은 세상의 모든 존재들 중에서도 이런 사람들이 순수하게 즐거워할 기회를 유령님이 속박하고자 하시는 것은 아닌지 근심스럽습니다."

"내가?" 유령이 외쳤다.

"유령님은 그 사람들이 이레마다 한 번씩 식사를 즐길 수단을 빼앗았지요. 일주일 중에 오직 하루 그날만 식사다운 식사를 할 수 있는 사람들도 흔한데 말씀입니다." 스크루지가 말했다. "그렇지 않았나요?"

"내가 그랬다고?" 유령이 외쳤다.

"일곱 번째 날마다 이런 곳들이 문을 닫게 하려고 하시지 않습니까?" 스크루지가 말했다. "그게 그 말이지요."

"내가 그렇게 하려고 한다고?" 유령이 소리쳤다.

"제가 잘못 알았다면 용서해주십시오. 하지만 일요일마다 문을 닫는 것은 유령님의 이름으로, 아니면 적어도 유령님의 가족 가운데 한 분의 이름으로 지켜져왔습니다." 스크루지가 말했다.

"너희들 인간들이 사는 이 세상 위에는 우리를 안다고 주장하면서도 자기들의 욕망과 자만과 악의와 증오와 시기심과 편견과 이기심에서 나온 행동들을 우리의 이름으로 행하는 자들이 있지. 하지만 우리와 우리 친척들에게는 그들이 살았는지조차 모를 정도나 마찬가지로 낯선 존재야. 기억해두었다가 그들이 한 짓에 대해서는 그들을 비난하도록 해라. 우리가 아니라."

디킨스는 가능한 한 많은 사람들이 《크리스마스 캐럴》을 접할 수 있도록 책 가격을 '겨우' 오 실링밖에 매기지 않았지만, 그것은 밥 크랫칫이 일주일에 받는 주급 십오 실링의 삼 분의 일이나 되었다. 노동자 계층에는 엄청난 부담이었다. 그렇지만 책을 서로 빌려 보거나 낭독을 듣는 식으로 가난한 이들에게도 《크리스마스 캐럴》은 큰 인기를 얻었다. 《크리스마스 캐럴》은 1844년에 연극으로 무대에 올려졌는데, 당시에는 막간 휴식 시간이 지나면 원래 입장료보다 훨씬 싼 요금으로 연극을 관람할 수 있었다. 덕분에 가난한 사람들도 반이나마 연극을 볼 수 있었다.

온 가족이 모여 함께 축하를 한다든지, 크리스마스 음식을 먹고 선물을 주고받는 등 오늘날 지켜지고 있는 크리스마스의 풍습들이 대중화된 데에는 디킨스의 《크리스마스 캐럴》의 공로가 대단히 크다. 실제로 '메리 크리스마스!'라는 인사는 《크리스마스 캐럴》이 나온 후로 더욱 널리 쓰이게 되었다.

빅토리아 시대가 시작될 무렵 예수 그리스도의 탄생과 고대 로마의 농신제(農神祭)와 독일의 겨울 축제가 한데 결합된 형태의 축제였던 크리스마스를 즐기는 풍습은 올리버 크롬웰 치하에서 청교도들의 감시 아래 시들어가고 있었다. 게다가 디킨스의 시대에 최고조에 달했던 산업혁명은 노동자들에게 크리스마스를 즐길 만한 시간적 여유를 주지 않았다.

하지만 빅토리아 시대에는 몇몇 사람들 덕분에 크리스마스를 즐기는 관습이 되살아날 수 있었다. 빅토리아 여왕의 남편인 앨버트 공은 크리스마스 트리를 장식하는 독일 풍습을 영국에 들여왔고, 19세기가 시작될 무렵 거의 사라졌던 크리스마스 캐럴도 다시 불리기 시작했다. 최초의 크리스마스 카드가 출현한 것도 1840년대였다.

그렇지만 영국과 미국에 크리스마스의 즐거움이 재연될 수 있었던 것은 그 무엇보다도 디킨스와 《크리스마스 캐럴》 덕분이었다. 디킨스는 크리스마스를 '언제나 좋은 때로, 인정 많고, 관대하고, 자선을 실천하는 유쾌한 때로, 길고 긴 일 년의 달력 가운데서도 내가 아는 한 남자들이나 여자들이나 모두가 꽉 닫힌 마음을 솔직하게 열고, 자신들보다 못한 사람들을 다른 길을 가는 전혀 다른 피조물이 아니라 정말로 함께 죽음으로 향하는 길을 걷는 동지처럼 느끼는 유일한 때'라고 묘사한다. 그것이 디킨스의 크리스마스 철학이었다.

디킨스와 《크리스마스 캐럴》은 영국의 서민들에게 큰 사랑을 받았다. 그가 죽었을 때 런던의 코벤트 가든 시장에서 오렌지를 사던

한 손님이 행상 수레를 미는 소녀에게 '디킨스가 죽었다'고 하자 소녀가 되물었다고 한다. "디킨스 씨가 죽었다고요? 그러면 산타클로스도 죽는 건가요?"

〔이 글은 http://charlesdickenspage.com을 참고해서 재구성하였습니다―옮긴이〕

옮긴이의 말

매번 새로운 책을 번역할 때마다 새로운 사실을 배우게 된다. 《크리스마스 캐럴》은 못된 스크루지 영감이 크리스마스이브에 세 유령을 만나 과거, 현재, 미래를 경험하면서 하룻밤 사이에 새로 태어난다는 단순한 이야기가 아니었다! 그 안에는 산업혁명이 한창 진행되고 있는 시대를 살았던 한 지식인이 자신이 목격한 사회적인 문제와 모순과 갈등을 해결하려는 노력이 들어 있었다. 셰익스피어 이래 영국이 낳은 가장 위대한 작가로 꼽히는 찰스 디킨스 덕분에 실제로 미성년자 학대와 재판의 비능률성에 대한 문제가 사회적으로 제기되고 개선되기도 했다니 그야말로 펜 한 자루의 힘은 대단했다.

《크리스마스 캐럴》이 출간된 지 160년이 넘게 흘렀는데도 세상의 빈곤과 무지에 관한 이야기는 계속 들려온다. 여러분도, 나도 디킨스의 음성을 잊지 않고 더 나은 사회를 위해 우리 가까운 곳에서 할 수 있는 일을 해나가길 바란다. 우리 앞에는 잘못을 고치고 좋은 일을 할 시간이 남아 있다.

나는 기독교인은 아니지만 매년 크리스마스를 손꼽아 기다린다. 특별히 할 일이 있는 것도 아닌데 그냥 기다려진다. 크리스마스 캐럴을 듣는 것도 좋고, 오래된 영화들을 텔레비전에서 보는 것도 좋다. 하지만 가장 좋은 것은 역시 '마음이 넓어지고 따뜻해지는 느낌'이다. 올해는 펫치윅 영감님이나 프레드의 크리스마스 파티에 초대를 받을 수 있다면 참 좋으련만.

올해도 크리스마스가 다가온다. 여러분들도 즐거운 크리스마스 보내시기를! 꼬마 팀의 말처럼 하나님이 우리 모두를 축복하시길! 그리고 따뜻한 마음을 함께 나눌 수 있기를! 이야기 속 빈민 기금을 모금하는 신사가 말했듯이 '가난한 사람들은 지금이야말로 일 년 중에서도 부족함이 절실하게 느껴지는 시기이고, 넉넉한 사람들은 풍요로움을 향유하는 시기'이지 않은가.

옮긴이 **김세미**

1974년 전북 익산에서 태어났고,
이화여자대학교 정치외교학과를 졸업했다.
졸업 후 홍콩에 있는 무역회사에서 통역과 번역에 관련된 일을
하다가 지금은 행복하게 번역에 전념하고 있다.
《나야 엘로이즈, 오늘은 크리스마스》를 비롯한 엘로이즈 시리즈와
《여자들이 의사에게 어떻게 속고 있나》,《빵을 밟은 소녀》,
《병원에 의지하지 않고 건강한 아이 키우기》,《아이가 준 선물》,
《지킬 박사와 하이드》 등을 우리 말로 옮겼다.
번역의 오류 지적을 비롯해 전하고 싶은 말이 있는 독자와는
samiam@hanmail.net으로 교감할 수 있기를 바라고 있다.

크리스마스 캐럴

1판 1쇄 발행 2006년 12월 10일
2판 1쇄 발행 2010년 1월 20일
2판 3쇄 발행 2019년 9월 10일

지은이 찰스 디킨스 | 옮긴이 김세미
펴낸곳 (주)문예출판사 | 펴낸이 전준배
출판등록 1966. 12. 2. 제1-134호
주소 03992 서울시 마포구 월드컵북로 6길 30
전화 393-5681 | 팩스 393-5685
홈페이지 www.moonye.com | 블로그 blog.naver.com/imoonye
페이스북 www.facebook.com/moonyepublishing | 이메일 info@moonye.com

ISBN 978-89-310-0663-6 03840

(뒷면 계속)